Amely Bölte

Die Gefallene

Eine Geschichte von Amely Bölte

Amely Bölte

Die Gefallene
Eine Geschichte von Amely Bölte

ISBN/EAN: 9783742877604

Hergestellt in Europa, USA, Kanada, Australien, Japan

Cover: Foto ©Andreas Hilbeck / pixelio.de

Amely Bölte

Die Gefallene

Die Gefallene.

Eine Geschichte

von

Amely Bölte.

Verfasserin des „Neuen Frauen-Brevier".

Jede Ordnung ist Selbstbeschränkung.
Thomas Carlyle.

———◦◦⋄◦◦———

Leipzig.
Verlag von A. Bergmann.
1882.

Mrs. Butler in Liverpool.

Als Sie vor fünf Jahren mir die Gunst erwiesen, mich zum Ehrenmitgliede eines Vereins zu ernennen, dem so viele ausgezeichnete Frauen und Männer angehören, war ich mir demuthsvoll bewußt, daß es mir kaum möglich sein würde, Ihren edelen Zwecken meine Feder zu leihen, weil die Presse mir nicht zur Verfügung stand. Das ist auch jetzt noch der Fall. Allein in der Form eines Buches, wie das ist, dem diese Zeilen vorstehen, wird es mir vielleicht jetzt dennoch möglich sein Ihnen zu beweisen, daß ich den Uebeln der Welt nicht theilnahmslos zugeschaut habe, daß ihr edeles Beispiel diese Frucht gezeitigt hat. Möchte der rauhe Pfad, den Sie, im Dienste einer guten Sache wandeln, dadurch um etwas geebnet werden.

Wiesbaden, 16. Mai 1882.

Amely Bölte.

Erstes Kapitel.

Mutter und Tochter.

Abgefallene Blumen kehren
nicht an ihren Stiel zurück. —

Die Hofräthin Junghaus saß in ihrem Wohn-
stübchen am Fenster und schaute auf die enge Straße
hinaus, die heute, an einem kühlen Regentage, düster
dalag, und selten durch einen Vorübergehenden be-
lebt ward.

Ein Frösteln schüttelte dann und wann ihre Glieder, der Strickstrumpf, der lange Zeit ihre Hände in
Bewegung gesetzt hatte, war in ihren Schooß gesunken,
in den Armsessel zurückgelehnt, schaute sie zu der
Himmelsdecke empor, die in Grauen erregender Schwärze
tief und schwer über der mit Kohlendünsten reich ge-
schwängerten Stadt lag.

Sorge sprach sich in ihren Mienen aus, Sorge
und Kummer. Die einst vielleicht schönen Züge trugen
die hagere Blässe unzureichender Nahrung, die feinen
Finger sprachen von härterer Arbeit, als sie ursprüng-
lich gewohnt gewesen sein mochten. Ein Seufzer stahl

sich dann und wann über die verblaßten Lippen, ein
Seufzer, den dann jedes Mal ein Blick auf ihr
Gegenüber begleitete, ein junges Mädchen, das viel=
leicht achtzehn Jahre zählte, und in voller Frische jener
Jugendblüthe prangte, die das französische Sprichwort
la beauté du diâble nennt, hier aber zugleich mit
jenem unvergänglichen Reize geschmückt war, den fein
geschnittene Züge und ein seelenvoller Gesichtsausdruck
verleihen. —

Alma Junghaus arbeitete eifrig an einer Stickerei,
einer Tischdecke mit stilvoller Arabeske, ganz im neuen
Geschmacke jener Schule der Frau Emilie Bach in
Wien, welche so ausgezeichnete Musterblätter geliefert hat.
Ihr Fleiß hatte ihr das Blut in die Wangen ge=
trieben, sie warm gemacht, während ihre Mutter fror.
Indem sie ihre Nadel einfädelte, erhob sie das
Haupt ein wenig, und das große blaue Auge fiel
dabei auf ihre Mutter. Wie erschreckt hielt sie mit
ihrer Beschäftigung inne.

„Aber Mama!" rief sie hinüber, warf die Stickerei
von sich und war an der Seite der Mutter. „Wie
kannst Du nur wiederum so traurig aussehen! —
Du weißt ja, daß ich morgen mit der Stickerei fertig
bin, daß Du dann Geld bekommst!"

Die Hofräthin hatte eine Thräne aus dem Auge
gewischt, bevor Alma sie hinweg geküßt. Sie war
sichtlich zu gebeugt um aus den tröstenden Worten der
Tochter Ermuthigung schöpfen zu können. —

„Der Erlös für Deine Arbeit wird uns auf acht
Tage Brod geben," sagte sie muthlos; „aber die

Sorge wird damit nicht schwinden. Sie bleibt das Damoklesschwert, das unsere Tage vergiftet, meinen Nächten den Schlaf raubt; denn wie das enden soll, mag Gott wissen!"

Alma hatte ihren Platz wieder eingenommen, sie wollte keiner längeren Säumniß schuldig sein, und doch war sie mit ihren Gedanken noch nicht wieder bei ihrer Arbeit, das bewies der ängstliche Blick, den sie von Zeit zu Zeit auf ihre Mutter warf.

„Wenn ich nur begreifen könnte, wie es gekommen ist," begann sie endlich nachdenklich, „daß Ihr in Euren guten Tagen nie daran gedacht habt, der Zukunft einige Aufmerksamkeit zu schenken."

„Zukunft?" fuhr die Mutter bitter auf. „Was meinst Du bei Zukunft? Daß Eines von uns Beiden sterben könnte? Wer faßt denn eine solche Zukunft gern in das Auge, und wer würde dem Andern sagen mögen, daß er sich als den Ueberlebenden voraussetze, für den er zu sorgen habe?"

„Du freilich hättest für den Vater nichts thun können," nahm Alma halb furchtsam wieder das Wort, „und es wäre ja auch nicht nöthig gewesen, weil ihm sein Amt blieb; allein als Oberhaupt der Familie, meine ich doch, hätte er, für den Fall seines Ablebens, seine Frau und seine Kinder sicher stellen sollen."

Diese Bemerkung der Tochter schien die Mutter zu verdrießen. „Am Ende noch Vorwürfe," rief sie bitter. „Du warst immer ein altkluges Kind, warst von klein auf weise, wie eine alte Frau, kein Wunder also, wenn Du Deine Eltern anklagst, wo Du den Staat anklagen solltest."

„Den Staat?" fragte Alma mit ungeheucheltem Erstaunen und sah ihre Mutter voll an. „Ja, was kann denn der Staat dafür, daß mein lieber Vater starb und uns bedürftig zurückließ?"

„Er kann seine Schuldigkei thun, kann die Wittwen seiner Beamten standesmäßig versorgen. Er baut für seine Verbrecher Paläste, sorgt daß es dem Lasterhaften, dem Vagabonden, dem Arbeitsfaulen nicht allzuschlecht ergehe; aber um uns armen Frauen, die wir die Kinder seiner Beamten groß ziehen sollen, bekümmert er sich nicht. Wir werden der Noth, der öffentlichen Barmherzigkeit Preis gegeben. Die kleine Pension reicht nur für die Miethe aus. Das Erwerben haben wir Frauen nicht gelernt. Mit unserem bischen Salon-bildung lockt man keinen Hund unter dem Ofen heraus, und meistens wurde dieser Firniß der Mädchen-erziehung schon abgestreift, während wir unsere kleinen Kinder an der Brust hatten. Was wir allenfalls noch können, ist: ein Hauswesen führen, und darauf legt sich dann auch gar manche, um durch Kostgänger oder Vermiethen so viel aufzubringen, um ihre Kinder in die Schule schicken und kleiden und nähren zu können. Es ist freilich immer demüthigend auf die Weise in die Arena der Gewerbetreibenden zu treten, öffentlich seine Noth proklamiren zu müssen; allein in solchen Fällen muß jede Standesrücksicht den gebieteri-schen Anforderungen des Bedürfnisses weichen. Ich, nun, konnte dies Gebiet nicht betreten, ich war krank,

als Dein Vater starb, und blieb Jahre hindurch
kränklich. Somit konnte von Erwerben keine Rede
sein, mir blieb nur das stille Verzichten übrig, jenes
grausame Verzichten, das nicht nur allen Annehmlich=
keiten des Lebens gilt, sondern auch das Nothwendige
sich nicht länger gewähren darf. Ich saß in einem
Stübchen allein und darbte, verkaufte was mir der
Luxus früherer Tage übrig ließ, um meine Kinder
zu kleiden, erhielt für meinen Knaben freie Schule,
für Dich freie Aufnahme in dem besten Pensionate
der Stadt, mußte dankbar sein für die Gewährung
dieser Gunst und vermochte doch in meinem innersten
Herzen kein Dankgefühl dafür heraufzubeschwören, weil
ich es wie eine Entwürdigung meiner selbst betrachtete,
der Barmherzigkeit anheim fallen zu müssen und dabei
doch diese Barmherzigkeit nicht von mir abwälzen
konnte, ich mochte es drehen und wenden, wie ich
wollte. —"

„Es sind schwere Jahre für mich gewesen. Gottlob
daß sie überstanden sind. Du bist zu mir zurückge=
kehrt, seit einem Jahre genieße ich des Glückes, eine
erwachsene Tochter bei mir zu haben, die meine ein=
samen Tage erhellt. Dein Bruder ist zur See ge=
gangen. Er kostet mir dort nichts mehr, nachdem ich
ihm seine Ausstattung gegeben, wozu mir das Geld
vorgeschossen wurde. Er ist mit seinem Berufe zu=
frieden und ich bin es, weil er mich der lastenden
Sorge für sein weiteres Fortkommen enthebt. Somit
ist scheinbar eine Pause für mich eingetreten; aber nur
scheinbar. Denn bist Du nicht da, die Ansprüche

an das Leben zu machen hat, die ich nicht befriedigen
kann, und habe ich nicht Schulden, die abgetragen
sein wollen, ohne daß ich bis jetzt eine Möglichkeit
dazu sehe, es wäre denn, daß Du Dich reich ver=
heirathetest, und wie soll sich dazu, in unserem stillen
Leben, daß keinen Verkehr und keine Gesellschaften
kennt, die Gelegenheit finden? Das ist es, was mich
jetzt so tief unglücklich macht, wofür ich auf Abhilfe
sinne; denn daß Dir Deine Jugend auf diese Weise
verstreichen soll, ertrage ich nicht."

Es mochte wohl sein, daß Frau Hofräthin Jung=
haus sich häufig schon in dieser Weise gegen ihre
Tochter ausgesprochen hatte und daß aus diesem Grunde
das eben Gehörte keinen besonderen Eindruck auf sie
hervorbrachte. Als sie jetzt in ihrer langen, erregten
Rede, eine Pause eintreten ließ, vielleicht nur um
Athem zu schöpfen für die weitere Erörterung eines
Themas, das ihr so schwer auf dem Herzen lag und
durch die befreiende Rede momentan erleichtert ward,
erhob Alma sofort das Haupt, und sagte in gedämpftem
Tone: „Ich bin ja nicht unglücklich, liebe Mama.
Mache Dir also doch meinetwegen keine Sorge! In
meinem Herzen herrscht der schönste Friede, ein wahres
Glücksgefühl, so oft ich eine Arbeit vollendet habe,
die unseren kleinen Haushalt mit dem Nothwendigsten
versorgt."

„Weil Du es nicht besser verstehst," fiel die
Mutter bitter ein, „weil Du nicht weißt, welchen
Anspruch Jugend und Schönheit erheben können! Du
hast freilich keine Ahnung davon, was Dir entgeht,

und darum bedauerst Du nichts; wüßtest Du aber, welches Leben sich Dir bereiten würde, wenn ich Dich in die Welt zu führen vermöchte, so säßest Du wahrlich nicht da und sagtest, Du seiest zufrieden so wie es sei."

„Mamachen! Denke nicht daran," sagte die Tochter bittend. „Laß uns annehmen, Gott habe es so gewollt, und mir darum den einfachen Sinn gegeben. Ich meine, daß wir recht glücklich und zufrieden leben könnten, wenn wir uns an dem, was wir haben, genügen ließen. Freilich ist das für mich leichter als für Dich, die es anders gewöhnt war und darum Entbehrungen sieht, wo ich keine fühle. Nur Deinetwegen möchte ich darum auch, daß wir das große Loos gewännen, und Du den Luxus früherer Tage zu Deiner Verfügung hättest."

„Das große Loos gewinnen, wenn man gar nicht in der Lotterie spielt, gar nicht spielen kann, weil man das Geld dazu nicht übrig hat", sagte die Hofräthin bitter. „Woher uns überhaupt etwas zufallen sollte, weiß ich nicht; denn wir haben nach keiner Seite hin irgend eine Aussicht auf einen Glücksfall, eine Erbschaft, oder was es sonst sei. Nur Selbsthülfe kann hier zu etwas führen, und das ist es, was mich seit lange beschäftigt. Wie können wir uns helfen, wie kann ich Dir, und wie mir helfen, um aus einer Lage zu kommen, die nach gerade hin anfängt mir unerträglich zu werden? — Wie?"

Sie seufzt und Alma richtete einen besorgten, fast ängstlichen Blick auf die Mutter.

„Kann ich etwas thun, um unsere Lage zu ver=
bessern?" fragte sie demüthig. „Soll ich versuchen
Unterricht zu geben? Oder soll ich eine Stelle an=
nehmen und Dir mein Gehalt geben?"

Die Hofräthin bewegte mit unwilliger Verneinung
das Haupt.

„Geht nicht", sagte sie kurz. „Geht Beides nicht.
Du bist zu jung, um als Lehrerin aufzutreten, um
in dieser sittenlosen Stadt, wo man keine Tochter aus
gutem Hause unbegleitet über die Straße gehen läßt,
allein durch die Gassen zu laufen, um deinen Schülern
das A B C zu lehren; denn weiteres würdest Du
kaum leisten können. Mich aber von Dir zu trennen,
das hätte mich wieder jener traurigen Einsamkeit, der
ich durch Deine Rückkehr kaum entronnen bin, vermacht
und ohne doch den entsprechenden Gewinn zu bringen.
Denn wie bezahlt man diese Erzieherinnen, Gesell=
schafterinnen, oder was sonst man in einem fremden
Hause sein möge. Höchst wenig, besonders noch wenn
sie achtzehn Jahre zählen. Und dieses Wenige kostet
die Toilette, weil sie dem Anspruche der Familie in
ihrer Kleidung nachkommen muß. Es wäre also nur
Verlust dabei und kein Gewinn. Nein, nein, es wird
sich ein anderes Mittel finden, und ich habe es auch
bereits gefunden, nur daß ich noch mit mir zu Rathe
gehe, ob Du oder ich es sein solle, die in den finstern
Orcus steigt. Du, oder ich."

Sie sagte das fast feierlich und warf dabei einen
fragenden Blick zum Himmel hinauf.

„Dann doch gewiß ich!" rief die Tochter mit

freudigem Tone, der ihre ganze Opferwilligkeit in sich
trug. „Dann doch sicherlich ich, meine einzige liebste
Mama; denn was könnte mich glücklicher machen, als
Dir das Leben zu versüßen, was mich mehr befriedigen,
als die Schöpferin eines neuen Glückes für Dich zu
sein? Glaube mir es sicherlich, es wird mir nichts
zu schwer werden, wenn ein solcher Zweck die Ent=
schädigung bietet. Der bitterste Trunk würde mir
süß sein, die härteste Arbeit mir leicht werden, wenn
sie mir dies Ziel böte und Du thust Unrecht noch
eine Minute zu zaudern, mir diese Genugthuung zu
gönnen."

Die Hofräthin maß ihre Tochter mit einem langen
Blicke unsäglichen Mitleids und seufzte dann schwer.
„Armes Kind!" sagte sie hierauf traurig: „Das
Damoklesschwert — wenn es wirklich fallen sollte —
wird es Dich, trotz Deines guten Willens, nicht
dennoch vernichten?"

Sie erhob sich, holte Hut und Shawl und ging
aus. Sie wollte Einkäufe machen für das Haus;
zugleich aber auch eine Dame besuchen, mit der sie
einige Jahre unter demselben Dache gewohnt hatte,
und ihr, als einer noch jungen Frau, durch mancherlei
Rath nützlich gewesen war, wodurch sich ein Band
gewoben, daß auch jetzt noch ein gelegentliches Aus=
tauschen kleiner persönlicher Angelegenheiten für Beide
zum Bedürfniß machte. Der Regen hatte ein wenig
nachgelassen; es tropfte aber noch stark von den Dächern
und das Trottoir glich einer grauen Tünche, die bei
jedem Schritte empor spritzte. Die noch von dem

Gespräche mit der Tochter tief erregte Frau achtete
jedoch kaum ihres Weges, das Auge, wie auf etwas
Fernes gerichtet, das sie suchte und doch scheuete, schritt
sie eilig dahin, die Wiener Straße entlang, und bog
in die Lüttichau-Straße ein, die breit und vornehm
das sogenannte englische Viertel durchschneidet und aus
lauter Prachtbauten besteht, die durch ihre Größe und
den grauen Sandstein, aus den sie errichtet, mehr
Palästen als Wohnhäusern gleichen. In Nr. 9 wohnte
ihre Freundin und sie fand sie zu Hause.

Zweites Kapitel.

Die heimlichen Gedanken.

> Hast Du eine Wunde, so blicke auf
> die Schmerzen Anderer.

Frau Hellwald, die Gattin des Redacteurs eines
Tageblattes wohnte drei Treppen hoch. Sie hatte die
Hälfte dieser dritten Etage inne, wie das in diesen
großen, kasernenartig gebauten Häusern gangbar, wo
nur das Parterre und die dritte Etage für Familien,
die nicht mehr als vier bis fünf Zimmer bedurften,
bewohnbar war. Sie war eine sogenannte „einfache
Frau", d. h. eine solche, deren Gedanken sich hauptsächlich

ihrem kleinen häuslichen Kreise zuwenden und die ihr
Genügen darin finden, wenn das Wirthschaftsgeld
reicht, und, bei guter Eintheilung, auch noch für die
Toilette einen kleinen Ueberschuß aufweist. —

Sie war heute in besonders aufgeregter Stimmung
und sehr froh, als die Frau Hofräthin Junghaus bei
ihr eintrat, der sie nun ihr Herz ausschütten konnte. —

Nach den ersten Fragen über das gegenwärtige
Befinden, dem Ergehen von der Tochter der Einen,
dem Manne und den Kindern der Anderen, schoß sie
denn auch sofort auf den Gegenstand los, der ihr
Gemüth belastete.

„Denken Sie nur die entsetzliche Geschichte", be=
gann sie." Aus der Hochzeit ist nichts geworden.
Ich meine die von dem jungen B... mit dem Fräu=
lein S. Es ist zurückgegangen und für gut."

„Aber wie ist denn das gekommen? fragte die
Frau Hofräthin mit anscheinendem Interesse, ob wohl
sie nicht gerade in der Stimmung war B. und S.,
die sie nicht kannte, große Theilnahme zu widmen.

„Ja, das ist ja gerade die schreckliche Geschichte",
fuhr Frau Hellwald, die Stimme senkend, fort. „Ich
soll nicht davon reden, mein Mann hat es mir nur
im Vertrauen gesagt; aber Ihnen kann ich es schon
erzählen, Sie werden es nicht weiter bringen. Denken
Sie also nur, daß das junge Mädchen auf unehrliche
Weise Geld verdient hat."

„Wie so? Wie meinen Sie das", fragte nun
ihrerseits erregt ihre Zuhörerin.

„Sie hat sich ihre Liebe bezahlen lassen. Oder,

wie soll ich es sonst nennen; denn Liebe ist das doch nicht eigentlich, was man für Geld hingiebt."

„Bitte, bitte! Erzählen Sie. Was ist denn da passirt, um so von ihr sprechen zu können?"

„Ja, sehen Sie, das will ich Ihnen nun ordentlich von Anfang an erzählen. Sie wissen, es sind so an die sechs Monate her, als alle Welt dem jungen Mädchen Glück wünschte, einen so schönen und reichen jungen Mann aus guter Familie gewonnen zu haben; denn sie selbst hat doch keinen Heller und ist auch nicht gerade passabel hübsch. Es ist eigentlich nur der Anzug, der sie gut aussehen macht, denn den versteht sie. Nun, zu jener Zeit soll ein Herr zu dem Vater des jungen Mannes gekommen sein und ihm gesagt haben, daß er sich doch ein bischen nach dem Lebenswandel seiner künftigen Schwiegertochter erkundigen möge. Der hat ihn ausgelacht. Dann nach zwei Monaten ist er wieder mit derselben Bitte gekommen, und ist wieder verhöhnt worden. Jetzt aber kommt er abermals, und zwar in einer Weise und mit Andeutungen, die den Freund stutzig machen, so daß er einwilligt einen Polizisten zu requiriren, um seine Schwiegertochter zu überwachen. Dieser stellt sich denn früh Morgens vor unserem Hause auf und wartet. Es dauert lange, bis er sie hervorkommen sieht, erst um drei Uhr Nachmittags erscheint sie, wie immer, sehr schön gekleidet, geht über den Markt, der Schloßstraße zu, der Polizist immer hinter ihr her. Endlich tritt sie in ein Hotel, verweilt einige Minuten, dann kommt sie wieder heraus und setzt ihren Weg fort.

Der Polizist geht nun hinein und fragt den Portier, was das Fräulein gewollt habe. „Das geht Sie nichts an", entgegnet dieser barsch. Da zeigt ihm der Polizist seine Legitimation und nun wird er gefügig und gesteht, daß die junge Dame mitunter Gäste auf dem Zimmer besuche und sich für heute Abend auf eine Stunde angemeldet habe."

„Der Polizist ließ ein Hm! der Befriedigung laut werden, das besagte, er wisse jetzt genug und entfernte sich."

„Er ist hierauf zu dem Vater des jungen Mannes gegangen und hat diesem, was er erfahren, hinterbracht. Dieser läuft nun schnurstracks zu dem Vater der Braut, erzählt ihm, was er erfahren. Es hat eine furchtbare Scene gegeben. Wir hörten, da sie neben uns an wohnen, den Lärm, die lauten Stimmen. Endlich schellt es, die Tochter kommt nach Hause, der Vater ruft sie herein. Sie blickt in sein geisterbleiches Gesicht, in das geröthete des Anderen und erschrickt; aber um was es sich handelt, das ahnt sie noch nicht, bis man sie fragt, welches Anliegen sie diesen Nachmittag nach dem Hotel geführt. Da plötzlich wird es licht vor ihren Augen und sie sagt: „Da Ihr denn Alles wißt, nun ja; der Hut, den ich trage, war noch nicht bezahlt!"

„Es soll fürchterlich gewesen sein, der Zorn dieser beiden Männer. Der Vater soll sie geschlagen haben. Sie hat dann die ganze Nacht geweint und so geschluchzt, daß das Mädchen es in ihrer Kammer hat hören können. Heute früh aber hat sie ihren Koffer

gepackt und der Vater hat sie auf die Eisenbahn ge=
bracht. Der arme Mann. Mich wundert nur, daß
ihn der Schlag nicht gerührt hat. Sie war sein
einziges Kind, seine Frau verlor er schon vor Jahren,
jetzt ist er nun ganz allein. Mein Mann meint, er
müsse seine Pension nehmen und fortgehen; denn hier
würden ihn die Steine ansehen."

„Sollte die Sache so allgemein bekannt werden?"
fragte die Hofräthin nachdenklich. „Sie meinten ja
doch eben noch, daß Sie es mir unter dem Siegel
der Verschwiegenheit anvertrauten?"

„Freilich; die Ursache wird man nicht kennen, es
liegt den Betheiligten viel zu sehr daran, daß diese
ein Geheimniß bleibe, als daß man sie nennen würde;
allein die Sache selbst, der plötzliche Rücktritt des
Bräutigams, kennt alle Welt und wird daran Ver=
muthungen knüpfen, die zu Ungunsten des Mädchens
ausfallen müssen."

„Sehr traurig", sagte die Hofräthin mit auf=
richtigem Bedauern. „Das arme Mädchen! kann ich
nur sagen. Man sieht aus diesem Beispiele wohin
die Armuth führen kann. Sie ist ein Fluch, an dem
auch ich ja so schwer trage. Ich kann ihr ganz nach=
fühlen, wie sie dazu gekommen ist, diesen abschüssigen
Weg zu wandeln, der ihr schließlich ihr schönstes Glück
kosten sollte."

„Sie war jetzt 22 Jahre, und muß das seit lange
getrieben haben, ohne daß ein Verräther sich fand.
Es sollen übrigens sehr viele Töchter unserer schlecht
bezahlten Beamten — ja sogar ihre Frauen, diesen

Weg betreten haben, um sich Putz zu verschaffen. Mein
Mann wenigstens sagt es. Als Redacteur weiß er
manches, was Andere nicht bemerken. So hat er mich
auch aufmerksam gemacht auf die vielen Anzeigen in
seinem Blatte, die ein Stelldichein fordern, oder gewähren. Und dann wiederum diese Sonntagsaus-
stellung in der katholischen Kirche. Denn sie müssen
doch schon bemerkt haben, daß die Männer förmlich
Spalier machen, um so eine gewissenhafte Musterung
dessen, was der Markt bietet, vorzunehmen und wo dann
ein Blick ermuthigt, da folgen sie, und so ist der
Handel abgeschlossen. Wenn man erst die rechte
Brille aufgesetzt hat, dann lernt man sehen. Früher
hatte ich von dem Allen keine Ahnung; aber mein
Mann sagt mir jetzt manches, so daß ich schon viel
hellsehender geworden bin."

„Mein guter seliger Fritz war in dem Bezug
schweigsam", bemerkte die Hofräthin; „er sprach nie
mit mir über Dinge, die nicht die zartesten Mädchenohren hätten hören dürfen. Was ich von den Miß-
ständen der Gesellschaft weiß, lernte ich aus Zeitungen
und aus Büchern."

„Ganz recht, aus Zeitungen", fiel die kleine Frau
lebhaft ein, „und weil die Zeitungen so vieles bringen,
das unsere socialen Mißstände angeht, so ist mein
Mann auch selbstverständlich von allen Vorgängen der
Art unterrichtet; denn er hat zu sichten und zu prüfen.
Er ist übrigens sehr verstimmt darüber, daß die Polizei nicht besser aufpaßt, daß sie hier, in unserem
eleganten Stadtviertel, so viele zweideutige Frauen
2*

wohnen läßt. Fast Haus bei Haus, sagt er. Der
Fremden-Inspector macht ihnen seine Aufwartung,
unterhält sich mit ihnen; aber er jagt sie nicht aus
unserem Bereiche. Man ist aber doch nur darum in
diesen Stadttheil gezogen, weil er von der besseren
Gesellschaft bewohnt wird; denn die Miethen sind hier
theurer. Wenn nun aber diese bessere Gesellschaft
einen solchen Zuwachs erhält, so muß man sich
nächstens scheuen, in diesem Stadttheile zu wohnen.
Solcher Menschenhandel ist doch eine gräuliche Sache
und daß so hübsche, wohlerzogene, junge Damen sich
dazu hergeben, ist wirklich unbegreiflich; denn sie verlieren dadurch jede Möglichkeit sich zu verheirathen
und im Alter eine gesicherte Existenz zu haben."

„Es kommt von ihrem arm sein", entgegnete die
Hofräthin; „denn wäre das nicht, so läge kein Grund
vor, um aus der bürgerlichen Gesellschaft zu scheiden
und sich eine Sonderexistenz zu schaffen, die so be-
denkliche Folgen hat."

„Arm sein hin und her", rief die kleine Frau
ärgerlich; „es heißt bescheiden sein, nicht mehr Geld
ausgeben wollen, als man hat, keinen Putz begehren,
für den die Mittel fehlen. Eins ist nicht für Alle.
Gott hat die Loose der Menschen verschieden geworfen,
wir haben seinen Willen zu ehren. Ein hübsches
Kleid hat jede Frau schon dann und wann gern, allein
es muß den Verhältnissen entsprechend sein. Ich will
jetzt schneidern lernen und auf der Maschine nähen,
damit ich die Sachen für meine Mädchen und für
mich selbst machen kann. Mein Mann war sehr ver-

gnügt, als ich ihm diese Absicht mittheilte, und küßte
mich einmal über das Andere, um seinen Beifall aus-
zudrücken. Das thut gut. Ich liebe ihn jetzt noch
einmal so sehr, seit er mich so gelobt hat. Ich will
aber auch sein Lob verdienen, er soll sehen, daß ich
nicht bloß brav mit Worten, sondern auch mit
Thaten bin. Mein Mann sagt immer: Der Mann
erwirbt, die Frau erspart. Wenn ich aber alles selbst
mache, so erwerbe ich doch auch mit. Meinen Sie das
nicht auch, Frau Hofräthin? Und wenn wir dann
für unsere Kinder etwas in die Sparkasse legen können
— ich kann es kaum erwarten, bis das geschehen
wird — dann, ja dann wird er mich gewiß noch
mehr loben. Auf die Weise hat man immer neues
Glück."

„Ja freilich hat man das", sagte die Hofräthin
aufstehend, und die enthusiastische kleine Frau um-
armend. „Und ich muß Sie auch loben wegen Ihrer
guten Vorsätze, die hoffentlich nicht bloß Vorsätze
bleiben, mit denen ja der Weg zur Hölle gepflastert
sein soll; sondern zur Ausführung kommen werden,
um Ihr häusliches Glück immer neu zu erbauen."

Sie ging mit noch schwererem Herzen, als sie gekommen.

Unten auf der Straße blieb sie stehen und warf
einen langen Blick um sich. Der Regen hatte von
Neuem zu strömen begonnen. Sie trat, nach dem sie
einige Schritte gegangen, unter eine Hausthüre zurück,
und wartete dort ab, bis der Guß vorüber.

Eine Droschke fuhr leer vorüber. Wäre sie wohlhabend gewesen, so würde sie dem Kutscher gewinkt haben, sie nach Hause zu fahren. So aber? — Wie lange hatte sie in keinem Wagen gesessen und wie lockend erschien es ihr sich einmal wieder von Pferden tragen zu lassen, statt sich der eigenen Füße zu bedienen.

Arm sein! Ihr grauete nachgrade vor ihrer eigenen Existenz.

Als das Wetter besser wurde, machte sie noch ihre Einkäufe, holte sie Butter, Wurst, Käse und auch Fleisch für das morgende Mittagessen und trug das Alles, versteckt unter ihrem Mantel, in einem kleinen Körbchen heim.

Alma saß noch über ihrer Arbeit gebückt, gerade so, wie sie sie verlassen. Bei ihrem Eintritte schaute sie forschend zu ihr empor, wie um in dem Antlitze der Mutter zu lesen, ob der Gang ihr heitere Gedanken eingebracht. —

Drittes Kapitel.

Die Versuchung.

Betrachte den Himmel nie durch ein Schlüsselloch.

Die Hofräthin hatte einen Brief von ihrem Sohne erhalten, der von Aden datirt war und die besten

Nachrichten seines Wohlseins enthielt. Sie reichte
ihn ihrer Tochter hin, damit auch sie ihn lese. „Haft
Du Dich nicht gefreut, Mama", sagte sie, als sie zu
Ende damit war, „daß es Max so wohl geht, sein
Beruf ihn immer mehr befriedigt?"

Die Hofräthin zuckte die Achseln. „Es ist mir
allerdings lieber, daß er sich zufrieden fühlt, als wenn
es nicht der Fall wäre", sagte sie dann; „allein im
Grunde ist' er so gut, wie für mich verloren; denn
was kann ich noch von ihm haben, was kann er mir
noch sein? Ein Seemann, der auf dem Wasser seine
Tage zubringt, bis an das Ende seines Lebens auf
dem Wasser leben wird, wenn nicht irgend eine böse
Welle ihn in die Untiefe reißt, und diese Tage ver=
kürzt! — Aber gleichviel, der Sohn, der seiner Mutter
eine Stütze sein, ihre späteren Lebenstage erheitern
könnte, der ist er mir sicher nicht. Hin ist hin."

„Du siehst die Sachen zu schwarz, liebe Mutter",
sagte Alma sanft. „Es ist ja eine so große Freude
für mich, einen Bruder zu besitzen und von ihm zu
hören, daß er meiner gedenkt. — Ich meine, daß
Du das ebenso empfinden müßtest, wie ich. Gewiß
auch werden wir ihn wiedersehen, wenn das Schiff
zurückkommt!"

„Wiedersehen!" rief die Mutter bitter. „Reiche
Leute können ihre Kinder wiedersehen, aber nicht arme;
denn das Widersehen, das eine Reise bedingt, ist eine
Geldfrage, und Geld haben wir, wie Du weißt,
nicht."

„Die Decke ist gleich fertig, ich werde sie dann

noch ausbügeln und wir können sie heute noch fort=
tragen", sagte Alma ablenkend.

Die Mutter ging in die Küche, um den dazu
nöthigen Stahl glühend zu machen.

Indessen war die Mittagssonne hell durch den
grauen Dunstkreis gebrochen und hatte die Erde mit
ihren hellsten Strahlen erwärmt. Die Wolken waren
wie weggeblasen, der Himmel zeigte das schönste, tiefe
Blau und unwillkürlich trat das Verlangen ein den
hellen Tag zu genießen. Auch bei der Hofräthin
Junghaus regte sich eine solche Empfindung. Sie
trug ein sehnliches Verlangen sich selbst zu vergessen,
durch äußere Eindrücke von dem düstern Einerlei
ihrer Tage befreit zu werden, wenn auch nur auf
Stunden wieder zu der Klasse von Menschen zu ge=
hören, die sich erlauben dürfen Erholung zu suchen.
Der Entschluß sich heute einmal etwas zu gönnen,
reifte mit der Schnelligkeit des Gedankens in ihr und
rasch zur That, eilte sie in das Zimmer, um ihrer
Tochter mitzutheilen, daß sie Beide sich gut anziehen
und den Nachmittag auf der Terrasse zubringen
wollten.

Alma wagte keine Gegenäußerung, weder der
Freude, noch der Mißbilligung, weil sie die Stimmung,
in der seit einiger Zeit ihre Mutter sich befand, schonen
zu müssen glaubte. Sie kleidete sich daher schweigend
an, packte die Decke sauber ein, und war bereit dem
Wunsche der Hofräthin zu entsprechen. Diese musterte
die Tochter heute mit besonderem Wohlgefallen; denn
hatte sie immer schon gefunden, daß ihre Alma ein

reizendes Mädchen sei, so erschien sie ihr heute, in
dem hellblauen Mousselinkleide, den kleinen Strohhut
auf das reiche Haar gedrückt, so jungfräulich lieblich,
daß eine weiche Empfindung dem gegenüber sie beschlich
und sie zu dem Ausrufe nöthigte: „Gieb mir einen
Kuß, Kind."

Die Mutter war ihrer Natur nach nicht demon=
strativ und somit wußte Alma den ganzen Werth
dieser Wallung zu schätzen. Zärtlich und herzlich
schmiegte sie sich an sie, und freute sich für einen
Moment den Sonnenschein warmer Liebe die ver=
grämten Züge der armen Frau erhellen zu sehen.

Sie gingen, und als sie auf der Straße waren,
überkam auch die Tochter eine Empfindung der Lust
frisch und fröhlich die balsamische Luft einzuathmen
und sich Eins zu fühlen im Genuße des Lebens der
bunt in's Freie eilenden Menge.

In dem großen Stickereiladen waren sie längst ge=
kannt, die Tochter entfernte sich mit einer der Ver=
käuferinnen, um die Arbeit abzuliefern und eine neue
in Empfang zu nehmen. Der Mutter bot man in=
dessen einen Stuhl an. Sie setzte sich und sah gleich=
gültig dem nimmer endenden Verkehre zu. Damen
kamen und gingen, die Eine suchte dies, die Andere
das. Es waren auch ihr bekannte Gesichter darunter;
allein man kannte sie nicht mehr. Die Zeit war hin,
wo man es sich zur Ehre schätzte mit ihr zu verkehren.
Ob man vermuthete, warum sie hier sitze und warte?
Sie dachte manchmal, daß Jeder es ihr ansehen müsse,
weshalb sie so müßig verweile, und suchte sich dann

so zu setzen, daß man ihr Gesicht nicht sehen könne. Auch heute hatte sie das gethan und ihren Blick starr auf das Schaufenster gerichtet gehalten. Dabei war es ihr aufgefallen, dort seit einer Viertelstunde denselben schwarzbärtigen Mann, wie angeschmiedet, zu erblicken, den sie schon bei ihrem Eintritte bemerkt, wo er ihrer Tochter mit einem Blicke nachgesehen, dessen Ausdruck die höchste Bewunderung war. Ob er auf deren Rückkehr wartete?

Jetzt eben kam Alma zu ihr zurück und sie brachen auf. Während das junge Mädchen ihr heiter von ihrer neuen Arbeit vorplauderte, die sie recht bald zu vollenden hoffte, warf die Mutter einen verstohlenen Blick zurück, und siehe da, dieser schwarzbärtige Mann ging dicht hinter ihnen. Von da an horchte sie auf seinen Schritt und glaubte ihn immer noch zu hören, als sie die breiten, auf die Terrasse führenden Stufen hinaufstiegen, und oben angekommen, sich langsam der Conditorei zu bewegten.

Alma lehnte sich eine Minute lang gegen die Ballustrade und schaute in die Tiefe, dann über die lachende Scene, die so eigenthümlich in ihrer Art, so unvergeßlich in ihrem Reiz ist. Glückselig blickte sie die Mutter an und sagte: „Wie schön es hier ist, Mama! Und grade, weil ich so selten hierherkomme, gefällt es mir dann um so besser. Ich bin überzeugt, daß alle jene Leute, die hier täglich umherlaufen, nie das Vergnügen davon haben, das ich genieße, wenn ich dann und wann einmal hier oben bin.“

„Du hast immer Gründe, um Deine Lage zu

preisen," sagte die Mutter halb spottend. „Könnte
ich es auch, so würde ich froh sein; aber das Einst
liegt mir zu sehr im Sinne, um an dem Jetzt Gefallen zu finden. Das Geschick ist zu hart mit mir
umgegangen."

„Und mit mir sehr gütig, weil es mir meine gute
Mutter ließ, denn sage selbst, was wäre meine Lage
ohne Dich?" sagte Alma warm, mit dem Tone der
Ueberzeugung.

„Das sind Phrasen!" versetzte die Mutter, wenig
gerührt durch diese kindliche Auslassung. — „Ja,
wenn ich reich wäre, und Dich standesmäßiger halten
könnte, dann freilich! Aber so?" Sie bewegte ver-
neinend das Haupt.

„Du weißt, Mama, daß ich nichts entbehre, wenn
ich bei Dir bin, und daß ein solcher Nachmittag, wie
heute, mich auf Wochen froh stimmt."

„Dich? — Ja, Du redest immer, nur von Dir
selbst, und weißt doch ganz gut, daß das, was für
Deine Stimmung ausreicht, der meinigen nicht genügt.
Du solltest weniger an Dich selbst, und mehr an
mich denken."

Alma schwieg. Sie wußte aus Erfahrung, daß
sie nie zu einer Uebereinstimmung mit ihrer Mutter
gelangte; allein in dem kindlichen Wunsche, sie zufrieden
zu sehen, machte sie immer auf's Neue den Versuch,
sie mit ihrer Lage auszusöhnen.

Frau Hofräthin Junghaus gehörte eben zu jener
leider! sehr großen Zahl von Frauen, die nicht
eigentlich weiblich sind, und daher auch der Zufrieden-

heit entbehren. Denn, wenn Göthe sagte, das ewig
Weibliche ziehe himmelan, so meinte er damit, jenes
schöne Selbstvergessen, das das Glück des Anderen
dem eigenen vorzieht. Eine Frau, die ihr Ich in den
Vordergrund stellt, wird nie glücklich sein, nie Andere
glücklich machen. Was man einem Mädchen vor allen
Dingen anerziehen sollte, ist die Sorge für den Anderen, die Hingabe an den Anderen, das in den
Schatten stellen des Ich. Lernt sie das nicht, so wird
sie nie eine gute Gattin, nie eine gute Mutter werden.

Alma fühlte instinktmäßig, daß etwas an ihrer
lieben Mama nicht so sei, wie sie wünschte, daß es
hätte sein sollen; allein worin das Etwas bestehe, daß
konnte sie sich nicht deuten, dazu machte das Auge
kindlicher Anghänglichkeit sie zu blind.

Sie empfing den Vorwurf, daß sie immer nur an
sich selbst denke, darum auch demüthig und nahm
sich vor, recht über sich selbst zu wachen, um sich von
diesem Mangel zu befreien. Daß die Mutter es sei,
die ihrem Ich diesen Vorzug zolle, die immer nur
frage, was sie von ihren Kindern eigentlich habe, statt
sich zu fragen, was sie ihnen sei, zu dieser Erkenntniß
gelangte sie glücklicher Weise nicht; denn es würde
ihr Herz beschwert haben, ohne an der Sache etwas
zu ändern. —

Sie waren indessen weiter gegangen und hatten
vor dem Conditorladen Platz genommen, wo die Hofräthin 2 Tassen Chocolade bestellte. Sie athmete
förmlich auf, als sie die Tassen vor sich stehen sah
und dem Kellner das Geld dafür hinlegen durfte;

sie kam sich vor, als sei sie wieder zur Dame geworden, sie wuchs förmlich in ihren eigenen Augen, angesichts dieser Thatsache.

Flüchtig den Blick umherrichtend, ob kein Auge da, daß sie in ihrer Glorie erblicke, gewahrte sie den schwarzbärtigen Fremden, der durch sein Lorgnon zu ihrer Tochter hinüberschaute. Als er sich ertappt sah, wandte er sich nach der anderen Seite; allein sehr bald kehrte er in die erste Richtung zurück. —

Wie jede Mutter gern die Triumphe ihrer Tochter mitfeiert, so auch war es der Frau Hofräthin nicht zu verdenken, daß sie in diesem Hinblicken des Schwarzbärtigen eine besondere Befriedigung fand. Es erhöhte sichtlich ihre gute Laune und brachte sogar ein Scherzwort auf ihre Lippen, worüber Alma ganz glückselig war. „Wüßtest Du nur, Mama, wie reizend Du bist, wenn Du so schelmisch lächelst," sagte sie vergnügt, „Du würdest nie aufhören, mich so anzusehen." Dies Lob verstärkte dann noch das Grübchen, das sich wirklich einmal in die abgemagerte Wange gegraben hatte, wo es in glücklicheren Zeiten kein seltener Gast gewesen war; denn an der Seite ihres Gatten hatte sie ein Wonneleben geführt, weil er sie auf einen Triumphirstuhl gesetzt, von wo aus sie mit ihrem Ich ihn selbst und was ihr nahte, sich zu Füßen legen gedurft. —

Sie verweilten, bis der Abend sich senkte, die Laternen angezündet wurden, die Abendlandschaft sich mit düsteren Schatten überzog; denn sie wollten den Tag ganz auskosten, den mit der Chocolade bezahlten

Sitz ganz ausnutzen. Jetzt erst, als alle Sitze leer geworden waren, brachen auch sie auf und wanderten langsam nach der anderen Seite, durch die ganzen Promenaden hin, nach Hause.

Dort angekommen, warf sich Alma ihrer Mutter um den Hals und sagte zärtlich: „Meine liebe gute Mama, ich will mich recht bemühen, nicht mehr so selbstsüchtig zu sein, immer nur an mich zu denken. Von heute an sollst Du meine erste Sorge sein. Glaube es mir!"

Viertes Kapitel.

Wohin führt es.

Nur der Kranke schätzt die Ge= sundheit.

Der schwarzbärtige Herr, ein Herr von Vanesco aus Rumänien, war, als beide Damen sich entfernt, in das Cafe getreten, hatte den Kellner zu sich heran= gewinkt und ihn gefragt, ob er das schöne Mädchen kenne. Freilich kannte er es; doch nur dem Ansehen nach, ohne ihren Namen zu wissen, weil sie nur ein seltener Gast auf der Terrasse. Das war dem dunkel= bärtigen Herrn denn freilich sehr unangenehm gewesen,

und ganz gegen seine Vermuthung. Er bezahlte daher eilig seine Schuld und eilte ihnen nach; allein,
vergebliches Bemühen, sie waren außer Sicht und er
fand sie nicht wieder.

Was nun machen, um ihre Fährte zu gewinnen?
— Kein Ausweg, als Geduld und eifriges Flaniren.
Ein Fremder, der nichts zu suchen hat, als Zeitver-
treib, ist mit solchem Zwecke schon unterhalten und so
ließ es denn Herr von Vanesco nicht daran fehlen
täglich in den belebtesten Straßen umherzuwandern.
Allein, vergebliches Suchen! Alma war nirgends
sichtbar, denn sie saß von früh bis spät am Fenster
und stickte, und wenn die Borte fertig war, sollte ein
anderer Ausgang, ein anderer auf der Terrasse ver-
brachter Nachmittag, ihren Fleiß belohnen. —

Mehrere Wochen vergingen, durch diese Hoffnung
versüßt, während das Leben sonst nicht gerade viel
Süßes bot; denn die Frau Hofräthin war schon lange
wieder in ihren bitteren Gram zurückgefallen, das
Grübchen hatte sich seit jenem Tage noch nicht wieder
auf ihrer bleichen Wange markirt. Oft saß sie lange
in tiefen Gedanken da und murmelte, plötzlich wie
aus einem Traume aufwachend, dann wohl vor sich
hin: „Es muß anders werden! Gleichviel wie; aber
anders muß es werden."

Plötzlich am Sonntagmorgen, wo sonst Alma die
nahegelegene Pfarrkirche zu besuchen pflegte, forderte
sie diese auf, mit ihr die Messe in der katholischen
Kirche anzuhören. Es war ihr noch nie eingefallen
das zu wünschen, weil die ernste Musik für sie keinen

Reiz hatte und dann auch, weil sie um die Zeit ihrem
kleinen Haushalte vorstehen, und das Mittagsessen
kochen mußte.   So verwundert auch Alma über diese
plötzliche Aenderung ihrer Gewohnheiten war, so sagte
sie doch nichts dazu, und folgte ihr bereitwillig. Ihr
frommer Sinn konnte sich dort freilich nicht erbauen;
allein der wundervolle Gesang, wie aus Himmels=
höhen, trug ihre Seele empor und machte sie zugäng=
lich für Alles Edele und Schöne. Als die letzten
Töne verklungen, war es ihr fast leid jetzt wieder in
die Wirklichkeit zurückkehren zu müssen, wohin ihre
Stimmung sie noch gar nicht trug. Langsam erhob
sie sich und folgte ihrer Mutter gesenkten Blickes, ohne
sich umzuschauen.   Die Frau Hofräthin dagegen
musterte um so aufmerksamer das Spalier der Herrn,
von denen ihr die kleine Frau Hellwald gesagt hatte,
ja es schien fast, als ob sie heute Entdeckungen zu machen
wünsche. Es waren dort fast alle Nationen vertreten,
sie selbst aber traf kein Blick der lorgnirenden Herrn,
sie mußte sich zu ihrem Bedauern gestehen, daß ihre
Zeit, Aufmerksamkeit zu erregen, vorüber sei. Alma
dagegen . . .

Da tauchte wirklich wieder der schwarzbärtige
Fremde empor, dessen Gesichtsbildung sie sich nur zu
gut gemerkt hatte. Wie freudig sein Auge aufleuchtete,
als er Alma erblickte! Wie er sich vordrängte, sie
näher zu sehen! — Sie waren jetzt an ihm vorüber,
ob er aber nicht folgte?

Nach einigem Kampfe mit sich selbst unterlag
sie der Versuchung, zurückzuschauen. — Richtig,

er folgte. Verstohlen, bei jeder Bieguug der Straße, wagte sie einen kleinen Rückblick und immer noch war er da. Als sie in ihre Wohnung trat, sah sie, daß er seinen Schritt auf dem Trottoir gegenüber anhielt, ein Taschenbuch hervorzog, und mit einem Blick auf das Haus, wahrscheinlich Straße und Nummer verzeichnete.

„Wie in einem Romane," dachte sie, und war den ganzen Tag über in besonders heiterer Stimmung. —

Allein der nächste Morgen setzte dieser Gemüths= verfassung einen großen Dämpfer auf; denn er brachte ihr einen Brief von ihrem Sohne, der ihr meldete, daß er in Calcutta krank liege, das Fieber habe und Geld brauche. Geld? Und woher es nehmen?

Ein zweiter Brief enthielt die Mahnung, die Ab= zahlung der für die Ausstattung des Sohnes einge= gangene Schuld mit diesem Quartale zu beginnen. Wie beginnen? Womit beginnen? Sie senkte muth= los das Haupt. —

Alma richtete bisweilen einen Blick auf die traurig da sitzende Mutter, in dem geschriebcn stand, wie gern sie hier helfen möchte, wie tief sie bedaure, es nicht zu können. Fleißig stickte sie dann weiter. Innerlich sprach sie zu sich: „Was kann so ein armes, junges Mädchen mit der Arbeit ihrer Hand erwerben? Pfennige! Und wir brauchen Thaler."

„Ob ich wohl Talent für die Bühne hätte?" fragte sie plötzlich die Mutter.

Diese sah sie groß an.

„Für die Bühne?" fragte sie erstaunt. „Ja,

daran habe ich ja noch nie gedacht. Warum haft Du mich nicht früher schon auf diesen Gedanken gebracht? — Für die Bühne? Ja freilich, das wäre etwas. Damit kann man viel Geld verdienen und Deine Gestalt eignet sich ganz dazu. Mein Gott ja; wenn wir uns damit helfen, uns auf diese Weise von dem Banne unserer Armuth befreien könnten, die geradezu unerträglich zu werden beginnt!"

Sie saß eine Weile schweigend da, vielleicht der Sache nachsinnend. Dann stand sie plötzlich auf, holte Hut und Mantille und sagte, daß sie gleich einmal zu Frau Hellwald gehen wollte, damit diese ihren Mann befrage, wie das mit der Bühne auszuführen sei.

Sie fand die kleine Frau in der Küche thätig, allein sofort bereit, ihre Beschäftigungen in der Kochkunst einzustellen, um der Frau Hofräthin Gehör zu schenken; vorerst aber, um selbst gehört zu werden. Denn kaum hatte sie diese in ihre gute Stube geführt und neben ihr auf dem Sopha Platz genommen, so sagte sie hell auflachend: „Ich muß Ihnen zu allererst etwas recht Lustiges erzählen, was mich über allen Begriff amüsirt hat. Denken Sie nur, da kommt die Frau Sanitäts= rath L . . . von Berlin hierher mit ihrem jüngsten Knaben, um auf einige Zeit den Herrn Gemahl sich selbst zu überlassen, weil er sich höchst wahrscheinlich einige Freiheiten genommen hat, die im ehelichen Codex nicht verzeichnet sind. Sie miethet sich in dieser großen, eleganten Straße in einer ersten Etage den Salon und zwei Schlafzimmer, von einer „Wittwe," die mit ihren drei Töchtern die übrigen fünf Gemächer

inne hat. Alles verläuft in der ersten Woche recht
gut. Die Frau Sanitätsräthin lebt natürlich ganz
für sich, speist allein, sieht nichts von ihren Hausleuten,
ist mit der Bedienung zufrieden. Sie sitzt viel auf
ihrem Balkon, sieht von dort aus, daß viele Herrn
im Hause aus und eingehen; darunter Officiere. Das
Haus ist groß, zählt viele Bewohner, daß die „Wittwe"
so vielen männlichen Umgang für sich wählt, fällt ihr
weiter nicht auf. Jetzt, eines Nachts, erwacht sie, sieht
nach ihrer Uhr, es ist lange nach Mitternacht. Sie
glaubt Stimmen zu hören, horcht auf, steht auf. Bei
der Wirthin scheinen Herren zu sein, sie muß Gesellschaft haben. Als am nächsten Morgen das Mädchen
ihr Früstück bringt, fragt sie diese, wie lange der
Besuch geblieben?

„Das weiß ich nicht," entgegnet diese mit eigen-
thümlichen Lächeln. „Ich werde um 10 Uhr zu Bett
geschickt, die Fräulein lassen die Herren selbst hinaus."

„Ist denn öfter Herrenbesuch da?" fragte die
Sanitätsräthin verwundert.

„Alle Tage — wo möglich — je mehr je besser.
Mich geht es nichts an, ich erhalte doppelten Lohn."
Damit verschwindet sie.

Die Sanitätsräthin sieht ihr erstaunt nach. Was
soll das bedeuten? — Was kann das meinen? Wohin ist sie gerathen? Und wen soll sie befragen,
wie sie sich dabei zu verhalten habe?

Sie sinnt nach. Ihr bleibt nichts zu thun übrig
als sich an Herrn von B . . . zu wenden, der von
der Polizei zum Schutze und zur Ueberwachung der

3*

Fremden da ist, und sie bereits am Tage nach ihrer
Ankunft aufgesucht hat. Sie schreibt ihm eilig ein
Briefchen und bittet um seinen Besuch. Er kommt
sofort und sie trägt ihm die Sache vor.

Er lächelt.

„Dagegen ist wenig zu machen," sagte er achsel=
zuckend. „Sie können ausziehen, wenn Sie das wollen,
gnädige Frau und ich werde dafür Sorge tragen, daß
Ihre Wirthin keine weitere Miethe beansprucht, als
bis zum Tage Ihres Fortgangs. So viel kann ich
erzwingen; weiter aber gehen meine Vollmachten nicht;
denn eine Frau zu verhindern Gäste zu empfangen,
so oft und so viel sie will, dazu ist die Polizei nicht
befugt. Der Hauswirth allein könnte dagegen ein=
schreiten, indem er gegen einen so lebhaften Verkehr
Protest erhöbe, eventuell ihr kündigte. Allein er wohnt
nicht im Hause, weiß es nicht, will es auch nicht
wissen, so lange er seine Miethe richtig erhält. Der
Eigennutz der Menschen ist viel zu groß, als daß sie
dem allgemeinen Wohl ein Opfer brächten. Die
Polizei würde es weit leichter haben, viel mehr erreichen,
wenn der allgemeine Wunsch nach Ordnung, nach
Sittlichkeit, das allgemeine Rechtsgefühl sie unterstützte.
So lange der Einzelne sagt: „Was geht es mich an?"
sind unsere Mittel zur Verbesserung der Unsitte so
gut wie machtlos. Sie sind selbst davon Zeuge in
dem vorliegenden Falle. Wir können nichts beweisen
und wo man nichts beweisen kann, kann man auch
nichts bestrafen."

„Ich werde dann heute noch nach einer anderen

Wohnung mich umsehen, und morgen vor zwölf Uhr dies Haus verlassen," sagte die Sanitätsräthin empört. „Darf ich Sie um die Gefälligkeit bitten, der Wirthin das mitzutheilen und meine Rechnung bei ihr für mich auszugleichen. Ich mag das infame Frauenzimmer nicht wieder mit Augen sehen. Und sind das wirklich ihre Töchter? Dann verdiente sie doch, als Mutter, gehängt zu werden!"

Der Polizeirath lächelte.

„Hoffen wir, daß es nur gemiethete Töchter sind," sagte er scherzend und erhob sich, um dem Wunsche der Sanitätsräthin zu entsprechen.

Diese zog richtig am folgenden Morgen aus. Sie hatte in der Eile ein weniger schönes Quartier genommen; aber, wie sie glaubte, bei einer höchst respectablen Frau, einer Wittwe freilich auch; aber dick und häßlich, die einen Sohn hatte von dem Alter des ihrigen. Sie glaubte sich nun, was die Respektabilität anbelangte, geborgen, und erzählte mir vergnügt wie sehr sie das beruhige, und dafür entschädige, daß sie weniger schön wohne.

Jetzt aber kommt das Spaßhafte.

Diese Dicke war eben auch nicht tugendhafter, als jene unnatürliche Mutter, es war ganz dieselbe Geschichte und da sie nun ein offenes Auge für dergleichen Abweichungen vom Pfade der Tugend gewonnen hatte, so erkannte sie sehr bald, woran sie war und hatte auch den Muth, ohne Weiteres der Wirthin ihre Meinung zu sagen, so wie, daß sie sofort ausziehen würde.

Das mußte sich diese gefallen lassen, wie es jene sich hatte gefallen lassen müssen; denn die Polizei beschützt die Fremden, weil die Stadt von ihnen lebt, und stellt sich in jedem Conflikte auf deren Seite, was auch der Klugheit angemessen ist.

Die Sanitätsräthin zog also wiederum aus, diesmals aber gewiß nicht wieder zu einer „Wittwe", sie hatte nachgerade vor den alleinstehenden Frauen, die Zimmer vermiethen, einen Abscheu bekommen, und sich gefreut, als sich eine Wohnung bot, die von dem Besitzer ihr alleinig übergeben wurde, und nicht viel größer war, als ihr Bedarf es forderte. Sie mußte jetzt freilich ein Mädchen miethen und selbst Haus führen, was viel mehr kostete, als sie auszugeben willens gewesen war; allein sie wollte doch lieber ihrer Kasse diese Zumuthung stellen, als unter einem Verschluß mit Personen leben, deren Wandel sie mit Abscheu erfüllte, aus einem Topfe mit Leuten essen, die ihr Ekel verursachten.

So zog sie denn getrost in ihre neue Wohnung ein und athmetete auf in dem Gedanken, jetzt endlich in einem sicheren Hafen eingelaufen zu sein. —

Aber was ereignet sich?

Kaum ist sie einige Tage dort, so schellt es und schellt es, so kommen bald Diener mit Briefchen, bald Herren zu Fuß und zu Wagen, die Einlaß begehren und Alle eine Baronin O . . . zu sehen wünschen — die dort, vor der Sanitätsräthin, gewohnt habe.

Jetzt wird die Frau grimmig böse. — Sie ist es selbst, die oftmals den Einlaßbegehrenden in Abwesenheit des Mädchens zu öffnen hat, und schlägt Ihnen dann die Thüre vor der Nase zu, oder begegnet den seinen Messieurs in einer so groben Weise, daß sie sicherlich kein zweites Mal sich dieser Behandlung aussetzen werden. Als sie mir das mitzutheilen kam, fragte ich, wohin sie denn ziehen würde?

„Wohin?" fragte sie ärgerlich. „Von dem Regen in die Traufe etwa? Nein, Nein! Jetzt bleibe ich. Mögen sie doch sich die Füße ablaufen, diese saubern Herrn der Schöpfung, ich werde ihnen dienen. Sie sollten es von mir zu hören bekommen. Ich wollte nur, mein eigener Mann wäre darunter. Gott! Wie würde ich ihn auslachen."

„Sie bedenken aber nicht, daß, wenn Sie in einem verrufenen Hause wohnen, man Sie nicht wohl besuchen kann," wandte ich ein.

„Gern zugegeben, wenn es ein Haus wäre; aber es ist nur eine Etage, ist nur die Hälfte eines Parterre, so daß Niemand wissen kann, wen oder was man in diesem Hause suche. Das sicherte meine Freundinnen vor jeder üblen Auslegung, hat aber auch den männlichen Besuchern als Schutzwehr gedient, wenn sie über diese Schwelle traten, weil ja Niemand ihnen nachsagen konnte, wer im Hause der Gegenstand ihrer Aufmerksamkeit sei. Was dieses für mich in dem gegebenen Falle Gutes hat, mag für die öffentliche Moral um so schlimmer sein — dieser Schutz den das anständige Haus der Unsittlichkeit gewährt. —

Fünftes Kapitel.

Gemordete Unschuld.

Die höchste Tugend ist die Wahrhaftigkeit.

Es hatte lange gewährt, bevor die Hofräthin das Wort ergreifen konnte, um ihre eigenen Angelegenheiten zur Sprache zu bringen. Jetzt endlich fiel es der kleinen Frau ein, sie zu erinnern, daß sie ein Anliegen habe und sie zu bitten, es laut werden zu lassen. So kam denn Alma's Vorschlag, auf die Bühne zu gehen, auf das Tapet und Beide erörterten ein Langes und Breites, deren Persönlichkeit und die Aussichten für ihren Erfolg, die ihnen übereinstimmend im günstigsten Lichte erschienen. — Als es nun aber zu der Frage kam, wie sie auf die Bretter gelangen könne, da befand sich die kleine Frau Hellwald an der Grenze ihres praktischen Wissens und gestand gerne ein, daß sie auch nicht die mindeste Idee habe, wie der Weg dahin führe. Das müsse ihr Mann wissen.

„Ich will Ihnen was sagen," fuhr sie in ihrer warmherzigen Weise fort, „gehen Sie zu ihm auf die Redaction, dort kann er Ihnen am besten Rede stehen und Sie verlieren dann weiter keine Zeit mit Gehen und Kommen. Was einmal gethan sein soll, ist am besten gleich gethan. Ich bin für keinen Aufschub."

Die Hofräthin war eben so wenig für Aufschub, ihr brannte ja das Feuer auf den Nägeln. So entschloß sie sich denn auch sofort den Herrn Redacteur in seiner Höhle zu überfallen und ihn um Rath in dieser wichtigen Sache anzugehen. Frau Hellwald schob ihr geschwind noch ein Stück Kuchen und ein Gläschen Malaga hin, und schied dann mit zärtlichem Hände= drucke und dem Wunsche baldigen Wiedersehens von ihr, um eilig in ihre Küche zurückzukehren, wo ihre Gegenwart schon schmerzlich vermißt wurde.

Redactionslokale sind nicht gerade lachende Stätten, sie liegen meistens in Hintergebäuden, wo auch die Druckerei sich befindet, und haben als Einrichtung selten mehr als einen großen Schreibtisch, mit einem Stuhle davor. Frauen sind im Allgemeinen unbe= kannt mit den Entbehrungen, die die Arbeit des Mannes begleiten und wissen nicht wie lachelnd ihr eigenes Dasein gegenüber seinem Tagewerke ist. Die Hofräthin hatte keine Ahnung davon, wie Zeitungen hergestellt werden, was man ihr in der Schule davon beigebracht, war an ihrem Ohre verklungen, wie meistens dergleichen Dinge an Mädchenohren ver= klingen; so war sie denn sichtlich überrascht, als sie in Lokalitäten gerieth, die von Druckerschwärze nicht ganz frei waren, und durch verschiedene wenig anlockende Räumlichkeiten sich hindurchzufragen hatte, bis sie vor der Thüre stand, worauf Hellwalds Name verzeichnet war. Sie pochte bescheiden an, und auf ein lautes, kurzes „Herein!“ trat sie ein.

Er hatte allerdings keinen Damenbesuch erwartet; denn sein Blatt besaß kein Feuilleton, das die 73 Schriftstellerinnen der Stadt zu ihm hätte hin=

locken können; allein er faßte sich rasch dieser ange=
nehmen Thatsache gegenüber, als er sich versichert, daß
es die Freundin seiner Frau sei, die ihn bei seiner
Arbeit störe, und bat sie, Platz zu nehmen auf dem
einzigen Sitze, den ihr zu bieten in seiner Macht stand.

Sie ging dann sofort zu ihrem Anliegen über, in
der Ueberzeugung, daß er ihr keine lange Stunde
schenken werde, und fragte, in welcher Weise ihre
Tochter sich zur Bühnenkünstlerin ausbilden könne.

Er war anfangs überrascht, schließlich jedoch billigte
er diese Idee; denn wie bedrängt die Umstände der
Familie waren, das wußte er ja.

„Sie muß Stunden nehmen bei einem Schau=
spieler", sagte er. „Diese Stunden sind freilich sehr
theuer; allein man kann ja später, nach erhaltenem
Engagement, abzahlen. Es läßt sich das machen.
Für's Erste freilich giebt es viel zu lernen, Studien
zu machen. Sie muß das Theater besuchen. Es giebt
auch solche, die von der Picke auf dienen, die sich an=
stellen lassen, ohne etwas zu können, zuerst Statisten
sind, sich nach und nach empor arbeiten; allein diese
Art aufzutreten würde doch vielleicht ihrer Tochter
nicht zusagen. Vielleicht auch Ihnen nicht. Im
andern Falle aber, wenn sie auf Engagement debutirt,
können 1—2 Jahre vergehen, bis sie die Reife dazu
erlangt hat. Sie ist jetzt achtzehn, sie dürfte also
keine Zeit verlieren, ihre Studien zu beginnen. Stellen
Sie sie doch einmal dem Intendanten vor, vielleicht
übernimmt die Theaterkasse die Auslagen für ihre
Ausbildung."

Die Hofräthin dankte ihm für die ertheilte Aus=
kunft. Sie wolle die Sache in Ueberlegung nehmen,
sagte sie. Im Grunde aber starrte ihr schon die Un=
ausführbarkeit in das Gesicht; denn selbst wenn die
Theaterkasse die Studien bestritt, so konnte sie ihre
Tochter ja nicht erhalten, sobald diese nicht durch
Sticken die kleine Zubuße zu den Ausgaben des
Tages leistete.

Und ließ sie sie von der Picke auf dienen, wie
Hellwald sich ausgedrückt hatte, so würde man wenig,
oder nichts zahlen, das Wenige aber den Aufwand
an Kleidung zu decken haben, und für die Mutter,
für den Bruder, für die Schulden kein Pfennig dabei
gewonnen werden.

In sich versunken schlich sie mehr als sie ging die
Schloßstraße entlang, als plötzlich eine Stimme sie
aufschreckte. Das Auge aufschlagend, gewahrte sie den
Portier eines Hotels, die Mütze in der Hand, der um
Entschuldigung bat, die gnädige Frau angeredet zu
haben; allein er habe einen kleinen Auftrag an sie,
den er gern unter vier Augen erledigen möge, wenn
sie gefälligst ein paar Minuten zu ihm in seine Loge
kommen wolle.

Ein kleiner Auftrag? — An sie?

Alles Blut schoß ihr in die Wangen. — Das Haupt
bejahend neigend, folgte sie ihm. Die paar Minuten
aber wurden zu einer guten Viertelstunde; dann end=
lich trat sie wieder auf die Straße hinaus, und ging
geflügelten Schrittes ihrer Wohnung zu.

„Nun?“ fragte Alma erwartungsvoll, als sie ein=

trat, und sah die Mutter fragend an. Diese aber
wich ihrem Blicke aus, sie konnte ihrer Tochter heute
nicht gerade in das Gesicht sehen; denn sie hatte etwas
auf dem Herzen, was die Mutter das Auge vor dem
eigenen Kinde niederschlagen ließ.

„Die Antwort ist nicht günstig ausgefallen", sagte
sie dann. „Es bedarf einer Lehrzeit von vielleicht
zwei Jahren, und Geld, den Unterricht zu bestreiten.
Geld, was wir nicht haben. — So hemmt unsere
Armuth nach allen Seiten hin unser Fortkommen.
Außerdem, was Du nach Verlauf von Jahren ein-
nehmen könntest, würde unserer gegenwärtigen Noth
keine Abhilfe bringen, den kranken Bruder in Calcutta
nicht trösten, der Auspfändung hier nicht vorbeugen.
Allein das Sprichwort sagt ja, daß wenn die Noth
am größten sei, dann sei die Hilfe am nächsten und
so ist es auch mir diesmal ergangen. Denn ganz
plötzlich hat sich, ohne das geringste Hinzuthun von
meiner Seite, ein Ausweg geboten, und nur an Dir
wird es liegen, ob wir uns von aller drückenden
Sorge frei machen.

„An mir?" rief Alma verwundert. „An mir
doch gewiß nicht, Mutter. An mir doch in keinem
Falle. Denn nur zu glücklich würde ich ja sein, wenn
es irgend in meiner Macht stände, unser Leben glücklicher zu gestalten.

„Nun denn, es steht in Deiner Macht", sagte die
Mutter schroff, vielleicht um sich selbst Muth einzu-
reden, das zu sagen, was sie sagen wollte. „Nur
einer kleinen Selbstüberwindung von Deiner Seite

bedarf es, nur ein kleines bei Seite setzen jener
Zimperlichkeit, mit der junge Mädchen so gern schön
thun, und wir sind mit einem Male aller unserer
Sorgen ledig."

„Aber beste Mama! wie kannst Du nur eine
Minute daran zweifeln, daß ich den Muth haben
werde Jegliches zu thun, was meine Kinderpflicht von
mir fordert!" rief Alma fast entrüstet. „Bin ich Dir
denn eine so schlechte Tochter gewesen, um mich so
hart beurtheilen zu dürfen? — Sage mir, bitte, was
ich thun soll, thun kann, und Du wirst sehen, daß
ich Deinen Erwartungen zu entsprechen wissen werde."

„Es handelt sich darum, die Einladung eines
Herrn anzunehmen, dem Du sehr gefallen hast, und
der einen großen Werth darauf legt, mit Dir heute
Abend zu soupiren."

„Welche sonderbare Idee!" rief Alma verwundert,
und alles Blut schoß ihr bis in die Stirne. „Ein
Herr, den ich nicht kenne, ladet mich ein ihn zu be=
suchen? Wenn er sich für mich interessirt, warum
kommt er denn nicht zu mir? — Wenigstens aber
mußte er dann meine Mutter doch mit einladen?"

„Das habe ich auch gesagt; aber davon will er
nichts hören"; entgegnete die Hofräthin ausweichend.
„Er ist reich und vornehm, hat seine Launen, will
was er will. Du hast ihn ja gesehen, er saß an dem
nächsten Tische, als wir neulich auf der Terrasse waren.
Der schwarzbärtige Herr! — Er kommt von Paris,
wo es Mode ist, daß ein Herr eine Dame zu einem
Restaurant zum Souper führt. Du bist noch ganz

unbekannt mit dem, was in der Welt vorgeht, und
so kommt Dir befremdend vor, was Anderen land=
läufig ist. Ein solches tête a tête hat seinen be=
sonderen Reiz. Ist kein Dritter dabei, so ist Jeder
unbefangener, so giebt sich Jeder leichter so wie er ist.
Ein solches tête à tête mit Dir ist nun dieses
Fremden glühender Wunsch, und wenn ich Dich dazu
berede, so beschenkt er mich so reichlich, das ich allen
meinen Verpflichtungen nachkommen kann. Diese
Aussicht war so lockend, daß ich es zu versuchen ver=
sprach, freilich mit wenig Hoffnung auf einen günstigen
Erfolg; denn ich kenne Deine Art zu sein, Du ver=
sprichst gern und kommt die Stunde, wo Du Dein
Wort einlösen sollst, dann zauderst Du. Nicht so?"

„Mutter!" sagte Alma mit vor Bewegung zittern=
der Stimme, „Mutter, Du bist hart. Deine Worte
dringen mir wie Dolche in die Brust. Dir helfen
wollte ich ja ach! so gern; aber es ist etwas in mir,
eine Ahnung, ein dunkles Gefühl, ich weiß selbst nicht
zu sagen was es ist, das mir das Blut erstarren
macht, wenn ich mich auf diesem Gange zu einem
fremden Mann erblicke."

„Siehst Du? Da ist die Zimperlichkeit. —
Uebrigens würde ich Dich hin und zurück begleiten.
Wenn es Dir denn aber auch wirklich ein kleines
Opfer sein sollte, Deine mädchenhafte Scheu zu über=
winden, um die Grille eines Sonderlings zu erfüllen,
der Deine Gefälligkeit reichlich lohnt, — würdest Du
nicht so viel für Deinen kranken Bruder, nicht so
viel für Deine von Sorgen gebeugte Mutter thun

mögen? — Zwei Stunden — mehr ist es ja nicht —
zwei Stunden, und wären sie in der Hölle verbracht,
ich würde mir wenig daraus machen dort zu brennen,
wenn das Wohl meiner Kinder davon abhinge. Du
aber, Du zögerst noch, wenn Du doch sicher bist, daß
Dein Opfer die reichsten Früchte tragen wird? —
Was aber ist denn überhaupt das Leben werth, wenn
man es nicht durch eine solche Hingabe dem Ideale
näher bringen kann? — Wie viele Stunden giebst Du
täglich davon hin, um eines Stückchen Brodes willen,
und jetzt, wo eine ganz kleine Spanne Zeit Dir
Marzipan verschaffen kann, zögerst Du, diesen vor
theilhaften Tausch zu machen."

„So sei es denn, Mutter", sagte Alma mit kalter
Resignation. „Ich gehe. Mag daraus werden, was
da will; ich gehe. Nicht vergeblich sollst Du an meine
Opferwilligkeit appellirt haben. Ich bin Dein Kind.
Ich ginge ja für meine Mutter in den Tod."

„Du bist meine gute Tochter!" sagte die Hofräthin
sanft und verließ das Zimmer.

Draußen setzte sie sich auf den Küchentritt, barg
das Gesicht in die Hände und weinte bitterlich. —

Als es zu dämmern begann, brachte sie Alma ihre
besten Kleider in das Zimmer und deutete ihr an sich
fertig zu machen. Sie that das, ohne ein Wort zu
sagen. Halb acht schlug es. Jetzt brachen sie auf.
Langsam gingen sie neben einander her. Als sie in
die Nähe des Hotels kamen, blieb Alma plötzlich
stehen, und flüsterte der Mutter zu: „Glaubst Du,
daß er mich wird küssen wollen?"

„Möglich!" sagte die Mutter, die Achseln zuckend.

„Und wenn er es wollte, was wäre es Großes? — Wie oft hast Du ein fremdes Kind, wie oft sogar einen Hund geküßt? Warum also sollte dieser Mann nicht Deine Lippen berühren dürfen, wenn sein Kuß Deinem kranken Bruder zum Labsal wird?"

Der Portier sah sie kommen, lüftete den Hut und ging die Treppe mit hinauf. „Zimmer Nr. 6" sagte er, und schon öffnete sich eine Thüre, durch die er Alma vor sich hinein schob. Die Hofräthin wankte die Treppe hinunter. —

Der Abend war sternenhell, zu Hause hätte es sie nicht gelitten, sie wanderte und wanderte, und schließlich befand sie sich immer wieder auf demselben Flecke, dem Hotel gegenüber, hing ihr Auge an dem Lichte, das im ersten Stocke aus den Fenstern drang. Sie weinte in sich hinein, sie hätte den Tod suchen mögen; doch aber war ihr das Leben wieder zu lieb. Sie war einige Male schon hart an den Rand des schwarz da= liegenden Flusses getreten; aber die düstere, kalte Fluth schreckte sie zurück. — Sie murmelte wieder und wieder Goethe's Worte:

Ihr führt ins Leben ihn hinein
Ihr laßt den Armen schuldig werden;
Dann überlaßt Ihr ihn der Pein;
Denn jede Schuld rächt sich auf Erden.

Es waren ewige zwei Stunden für sie — die in ihrem langsamen Verlauf ein Strafgericht an ihr voll= zogen, wie kein irdischer Richter es genügender zu thun vermocht hätte. —

Jetzt endlich, jetzt hob der Zeiger der großen Thurmuhr zu dem ersten Schlage aus, der die zehnte Stunde angab. Damit war die anberaumte Zeit abgelaufen und sie trat in das Hotel, um den Portier zu ersuchen, ihre Tochter herunter zu führen. Hinter der Thüre versteckt, harrte die Mutter ihres Kommens. Alma gewahrte sie nicht gleich, sie hatte den Schleier über das Gesicht gezogen, trug das Haupt gesenkt. Erst als sie auf der Straße war, schien sie gewahr zu werden, daß die Hofräthin ihr zur Seite gehe. „Einen Wagen!" flüsterte sie, und ihre Mutter winkte eine Droschke herbei. Sie stiegen ein. Noch war kein Wort gewechselt und als die Hofräthin eine Frage an sie richten wollte, sagte sie kurz: „Schweig! Sprich nicht mit mir. Ueberlasse mich mir selbst."

Zu Hause angekommen, legte sie eine Rolle Goldstücke auf den Tisch und begab sich zur Ruhe. Schlaf fand ihr Auge nicht; denn leise wimmerte sie vor sich hin, und erst als der Morgen grauete, schien ein leichter Schlummer die arme, geknickte Blume mit dem süßen Thau des Vergessens irdischen Leides einzulullen.

———

Sechstes Kapitel.

~~~~~~~

Die Tiefen des Lebens.

<div align="right">Jede Ordnung ist Selbstbeschränkung.</div>

Alma hatte drei Tage das Bett gehütet, und war
heute zum ersten Male aufgestanden, um sich schweigend
an das Fenster zu setzen und nach gewohnter Weise
zu arbeiten. Die Mutter richtete dabei von Zeit zu
Zeit verstohlene Seitenblicke auf sie, aus denen eine
Art ängstlicher Scheu sprach. Das stille in sich ge-
kehrtsein der Tochter hatte ihr etwas Unheimliches.
Wenn sie doch nur sprechen, nur sich mittheilen wollte,
es würde ihr das Herz erleichtern, meinte sie. Es
ließe sich dann auch Trost anbringen, ein besänftigen-
der Zuspruch thäte seine Wirkung. Sie hatte einige
Male schon die Initiative ergriffen, und das erste
Wort zu einer Unterhaltung hingeworfen; allein ein
unwilliges Kopfschütteln war bis dahin die einzige
Erwiderung gewesen, begleitet mit unter sogar von
einem peremtorischen „Sprich nicht mit mir!"

So war sie denn angenehm überrascht, als jetzt
die Tochter, ohne von ihrer Arbeit aufzusehen, sagte:

„Bitte! Hole mir Schiller's Gedichte, ich möchte
ein wenig darin lesen. Er sagt in der Glocke: „Mit
dem Gürtel, mit dem Schleier, reißt der schöne Wahn
entzwei." Vielleicht sagt er noch mehr der Art. Wir
jungen Mädchen übersehen das nur. Es kann uns ja

nicht einfallen, daß ein Dichter besinge, was aller Poesie so fern liegt, wie der Himmel der Hölle. Es kann uns ja nicht einfallen, daß Dichter für Liebe ausgeben, was mit der Liebe, wie wir Mädchen sie verstehen, so gar nichts zu thun hat. Wenn Männer keine andere Liebe zu bieten haben, so danke ich ihnen für alle schönen Worte, und jeder Blick, den sie künftighin noch auf mich richten können, wird mir ein Gräuel sein, wird mich in tiefster Seele verletzen. Ich mag so nicht geliebt sein. Sage mir nur, Mutter, wie Du Dich hast verheirathen können? Es muß ja entsetzlich sein, Mutter, einem Manne unter solchen Bedingungen anzugehören!"

Die Hofräthin war in Verlegenheit, was sie auf diesen Erguß einer Mädchenseele, die in ihren heiligsten Empfindungen verletzt war, erwidern sollte. Zögernd sagte sie:

„Wie man es nimmt, liebes Kind. Einem Manne, den man liebt, kann man Vieles gewähren, und ich liebte Deinen Vater. Auch war er stets rücksichtsvoll und gütig gegen mich, mißbrauchte meine Gunst nie. Uebrigens ist ja daran auch nichts zu ändern, es ist das Frauenloos. Gott und die Natur haben es so gewollt. Es konnte wohl nicht gut anders eingerichtet werden."

Alma seufzte tief auf. Es war ein schwerer Seufzer aus tiefster Brust emporgeholt, wie nur das größte Leid es vermag.

„Es ist schon gut", sagte sie dann mit eisigem Tone. „Einmal hätte ich es ja doch erfahren müssen

4*

und besser jetzt, als später; denn jeder schöne Traum
des jungen Mädchenherzens ist damit nun ausgeträumt
und wozu soll man mit wachendem Auge viel träumen?
Wozu sich einbilden, was nicht ist und nicht sein kann.
Und dennoch war der Gedanke so schön, daß mich ein
Mann über Alles lieben könne und ich will es nicht
läugnen, daß ich mir oftmals, wenn ich still hier saß,
den Moment ausmalte, wo irgend ein Adonis mir
sagte: „Ich liebe Dich, Alma! Werde mein Weib." —
Als mein Vater so zu Dir sprach, Mutter, ahntest
Du da, was er eigentlich an Dir liebte, eigentlich
mit seiner Liebe von Dir wollte?"

„Nein, mein Kind; denn wir erziehen absichtlich
unsere Töchter in gänzlicher Unwissenheit dessen, was
die Ehe eigentlich meint, weil wir meinen, der Mann
sei der beste Lehrmeister auf einem Gebiete, das zu
betreten eine so heikle Sache ist. Man sagt mir, daß
man in Amerika in dem Punkte anders verfahre und
mit gutem Erfolge. Vom Standpunkte des Rechtes
aus ist es vielleicht ein Unrecht, daß wir unsere
Töchter einen Beruf auf sich nehmen lassen, dessen
Tragweite sie nicht kennen. Denn während der Mann,
der ein Mädchen heimführt, ganz genau weiß, wie
weit seine Rechte auf ihre Person sich ausdehnen, hat
sie keine Ahnung davon, daß sie diesen Rechten ent=
sagt. Ich besitze in diesen Dingen kein kompetentes
Urtheil; denn ich habe zu wenig Zeit gehabt mich mit
Fragen zu beschäftigen, die über den Kreis meines
Familienlebens hinausgingen, und gerade so geht es
sehr vielen anderen verheiratheten Frauen. Wenn ich

aber darüber nachdenke, so möchte ich auch sagen, daß
es Unrecht sei, wenn man uns Pflichten übernehmen
lasse, von denen wir keine Kenntniß haben, und uns
auf Rechte verzichten lasse, ohne daß wir wissen, das
wir verzichten. Es ist aber immer so gewesen in der
Welt, wie ich glaube, und wird auch wohl immer so
bleiben; denn Männer überwachen unsere socialen
Einrichtungen und ordnen alles so an, wie es für sie
am bequemsten ist. —

Alma antwortete nicht weiter. Sie hatte Schiller
in die Hand genommen und las: „des Pfarrers
Tochter von Taubenheim".

Die Hofräthin hoffte, daß die Zeit das Beste thun
würde, den Eindruck des Erlebten zu schwächen, sie
hütete sich also sorgfältig darauf zurückzukommen, oder
in irgend einer Weise die Erinnerung daran wach zu
rufen. Sie schrieb an ihren Sohn und bat Alma
eine Einlage zu machen; allein sie lehnte das entschieden ab. Der Wechsel an ihn sollte abgehen, ohne
daß sie ihre sündige Betheiligung hinzuthat. Die
Quittung für die Schuld für seine Equipirung ließ
sie einen ganzen Tag auf dem Tische liegen, damit
ihre Tochter sie sähe, ohne daß sie sie mit Worten
darauf aufmerksam machte; denn sie hoffte, daß es
ihr eine Genugthuung sein würde, wenn sie die Re-
sultate, die das gebrachte Opfer erzielt, sich vergegen-
wärtige.

Bei ihren Ausgängen hatte sie nicht unterlassen
sich zu erkundigen, wann Herr von Vanesko abreisen
würde. Es hieß dann, er warte noch, um einen

zweiten Abend, wie den verlebten, zu erzielen; das aber schlug sie entschieden ab, weil sie im Voraus wußte, daß ohne eine so dringende Veranlassung, wie die vorhanden gewesene, die Einwilligung ihrer Tochter nicht hätte gewonnen werden können, und daß jetzt, wo eine solche nicht vorlag, ein Anpochen vergeblich gewesen sein würde, so verlockend auch die Ausbeute gewesen sein möchte.

Sie hatte es sehr wohl bemerkt, daß der schwarz-bärtige Mann täglich mehrere Male durch ihre Straße wanderte und seine Blicke auf ihr Haus richtete. Allein Alma konnte er nicht sehen, denn sie saß hinter ihrem Vorhange versteckt und schauete nie hinaus. Einlaß aber konnte er nicht begehren; denn es war ihm angedeutet worden, daß dieser aus dem Grunde strenge versagt sei, weil dann die Nachbarn reden würden, und so leicht die Frau Hofräthin es auch mit dem Auge Gottes genommen hatte, mit dem der Menschen nahm sie es in gewissenhaftester Weise, die durften nichts an ihr und ihrer Tochter sehen, das nicht ziemlich wäre, die durften nicht den leisesten Argwohn hegen, als ob sie mit der Tugend nur spiele. —

Er war endlich abgereist, dieser reiche Fremde, und so konnte sie ihrer Tochter vorschlagen, einen Spazier-gang mit ihr zu machen. Alma blickte die Mutter, wie fragend an, als sie das sagte und erglühte. Es lag sogar etwas, wie Mißtrauen, in ihrem Auge.

„Wir wollen Frau Hellwald abholen", fuhr diese fort, „wollen mit ihr und den Kindern über Land gehen. Das wird Dir gut thun und auch mir. Wir sind so lange hier eingeschlossen gewesen, daß man sich nach einem frischen Luftzuge sehnt."

Das war bei Alma allerdings der Fall; denn sie war jung und gesund, die Lust am Leben macht sich unter den Bedingungen leicht wieder geltend. So brachen sie denn auf, holten die Familie Hellwald ab und wanderten über die Felder, bis sie in einer einfachen Dorfwirthschaft anhielten, wo die Kinder Milch trinken und sich auf dem grünen Anger tummeln sollten.

Der heitere Tag, der Sonnenschein, die fröhlichen Kinderstimmen verfehlten ihre Wirkung nicht, Alma spielte mit den Kleinen, haschte sie, suchte nach ihrem Gummiball, wenn sie ihn verloren und ward schließlich mit ihnen zum Kinde. Die Hofräthin gewahrte das mit großer Befriedigung. „Wenn Sie erlauben, werden wir uns jetzt öfter auf ihren Spaziergängen Ihnen anschließen", sagte sie zu Frau Hellwald. „Alma ist, wie Sie sehen, noch ein halbes Kind, es wird wohlthätig für sie sein, wenn sie mit Ihren Kleinen jung sein darf."

„Sie erzeigen mir stets einen Gefallen, wenn Sie mitgehen", sagte diese; „denn, sehen Sie, wenn man den ganzen Tag die Kinderunterhaltung genießt, thut es wohl auch einmal ein vernünftiges Wort zu reden. Mein Mann aber ist, wenn er heimkommt, abgespannt, dem darf ich nicht von meinen häuslichen Erlebnissen reden, und es ist doch so natürlich, daß eine Frau sich darüber gern ausspricht."

„Freilich ist es das, und darum stehe ich Ihnen sehr gern zur Verfügung", sagte die Hofräthin artig.

„Fräulein Alma sah aber heute, als Sie kamen, sehr bleich aus. Jetzt ist ihre Farbe schon besser. Sie sitzt zu viel. Sie hat förmlich Schatten unter den Augen."

„Das kommt Ihnen wohl nur so vor", sagte die Hofräthin verlegen. „Sie muß aber allerdings mehr in die Luft gehen."

„Und wie steht es mit dem Theater? Haben Sie schon Schritte gethan?"

„Noch nicht. Ich habe mir die Sache noch überlegt. Ich möchte sie nicht gern von der Pike an dienen lassen und um ihr Unterricht gewähren zu können, fehlen mir die Mittel."

„Sollte nicht irgend ein reicher Freund die Auslage für Sie machen?"

„Ich habe keine reichen Freunde."

„Oder auch, sagt mein Mann, würde ihr der Unterricht ertheilt werden, mit Anweisung auf ihre künftige Gage."

Das scheint mir das Annehmbarste und morgen gleich will ich dazu die nothwendigen Schritte thun."

Sie war froh, daß dieser Zukunftsplan von der kleinen Frau wieder in ihrem Gedächtnisse aufgefrischt worden war und einen Lichtstrahl auf ihren Lebensweg fallen ließ, nach dem sie innerlich dürstete. Eine Erwartung, eine Hoffnung, ein Etwas, das sie das gegenwärtige Elend ihrer Lage, als nur vorübergehend, erblicken ließ, ließ sie gleichsam Athem schöpfen, gegen=

über dem Drucke, den das ängstliche Zählen ihrer Pfennige auf ihre Brust legte, und diese Pfennige — sie reichten ja nicht einmal.

———

Siebentes Kapitel.

~~~~~

So mußte es kommen.

> Was den Menschen ziert ist sein Wollen.

Alma hatte ihre Stunden bei dem Hofschauspieler Winter begonnen und lebte in dieser neuen Beschäftigung neu auf. Ob sie eine Künstlerin ersten Ranges werden könne, vermochte ihr Lehrer nicht zu sagen; denn dazu gehörte mehr, als eine schöne Erscheinung und ein schönes Organ; dazu gehörte Leidenschaft und Phantasie, dazu gehörte die Gabe sich an die Stelle desjenigen zu versetzen, den man darstellen will. Ob sie dazu die Befähigung besitze, ließ sich nicht so im Voraus bestimmen; jedenfalls aber konnte sie in Conversationsstücken etwas leisten, womit sie sich im äußersten Falle begnügen mußte.

Fürs Erste war die Stimme zu bilden, das Organ zu stärken, die getragene Rede anzubahnen und dazu ließ er sie die Chöre aus der Braut von Messina lesen, skandiren, im Taktschlage recitiren. Sie mußte nicht nur bei ihm, sie mußte auch zu Hause laut lesen, und diese Leseübungen fesselten ihre Gedanken, zogen sie von sich selbst ab. Der schöne Klang der Worte, die herrliche Diction, die großen Gedanken thaten ihrem leidenden Gemüthe wohl, in dem unerbittlichen Schicksale, das das Drama beherrscht, fand sie einen Trost für die eigene Lage, den ihr sonst nichts, auch die Religion nicht, bieten konnte. Das eiserne Verhängniß, das seine Hand schwer auf den Menschen legt, sein Wollen und Wünschen mit mächtigem Schlage einem düstern Verhängnisse unterliegen läßt, das war es, was auch ihr Haupt gebeugt hatte, und es jetzt wieder hob, weil ihr die Machtlosigkeit menschlichen Könnens in solchem Spiegelbilde vor das Auge gerückt wurde. Was war sie mehr, als ein schwaches Rohr im Sturme des Lebens, das der Uebermacht der Umstände erlag.

Mit jedem Tage mehr wurde ihr die Beschäftigung mit diesen Dichtungen eine Wohlthat, und nach und nach trug dieser erweiterte Blick auf das Menschenleben und seine Gestaltung, sie gewissermaßen über das Leben hinaus, so daß sie dessen Hergänge wie aus einer Perspective betrachtete, wo ein Menschenloos zu einem Atom wird, in seiner Kleinheit, seiner Nichtigkeit, in seinem geringen Bezug zu dem großen Ganzen. Sie nahm nun Sonntags, statt in die Kirche zu gehen, die Psalmen vor, las die Propheten, und war über sich selbst erstaunt, wie sie jetzt das Alles so anders verstand, so anders auslegte, wie es sonst geschehen. Sie hatte in die Tiefe geblickt, jetzt blickte sie in die Höhe, und von dort aus gewann die Tiefe eine andere Bedeutung; das Wie und Warum der Dinge hieß sie That und Absicht sondern, das Opfer in seiner höchsten Bedeutung nachempfinden.

Ihr Lehrer wunderte sich, daß sie für manche Empfindungen ein so feines Verständniß, eine so richtige Betonung hatte, wie sie sonst zu meist einem jungen Mädchen ihres Alters abgeht. Alles was als Schmerz durch die Menschenbrust zieht, das empfand sie nach, als ob sie es selbst erlebt habe, und noch erlebe; für die Freude dagegen, für den Frohsinn, für das Glück, da wollten ihr die Töne nicht gelingen, da war es vergeblich den Jubelton aus ihr hervor- locken zu wollen, der der Freude eigen ist. —

Kopfschüttelnd sah er sie dann oft an. „Etwas ist da nicht richtig", bemerkte er einmal. „Es ist als wäre Ihr Herzschlag irgendwie in das Stocken gerathen, als wäre eine Fiber gerissen. Wie kommt das nur?"

Sie erbleichte und sah zur Erde. Konnte man denn auf ihrer Stirne lesen, was sie schon erlebt?

Sie nahm sich vor, sich mehr zusammen zu nehmen, eine Jugendlust zu zeigen, die nicht in ihr war; denn gelebt mußte dies Leben ja doch werden, warum also die Bedingungen dazu verschlimmern. Lag doch in jedem Drama irgend eine Schuld vor, die gebüßt sein wollte, und zwar eine wissentliche, eine absichtliche Schuld, während die Ihrige ein Resultat der reinsten Motive war, die eine Menschenbrust bewegen können. Sie hatte Gottes Auge nicht zu scheuen, nur das der

Menschen. Sie wollte sich also an Gott halten, und getragen von ihrem inneren Bewußtsein ihr Erdenleben auf sich nehmen.

Die Hofräthin fand indessen die Zeit, bis ihre Tochter auftreten könne, doch sehr lang. Dazu wurden ihre Umstände einstweilen schlimmer; denn wie natürlich konnte Alma nicht so ununterbrochen sticken, wie sonst; die wenigen Groschen, die dadurch verloren gingen, machten aber in ihrer Wirthschaftskasse schon einen Unterschied.

Um das auszugleichen, bezahlte sie am Schlusse des Quartals ihre Miethe nicht, den Wirth damit vertröstend, daß sie ihm das Geld, so wie Alma bei der Bühne angestellt, mit Zinsen erstatten würde. Da er darauf einging, so fühlte sie sich ermuthigt, die gleiche Vertröstung auch anderweitig anzuwenden. Sie kaufte neue Kleider für sich und Alma, sie kaufte elegante Handschuhe für die Tochter zum Theaterbesuche, wozu diese, als angehende Bühnenkünstlerin, den freien Eintritt erhalten hatte, sie machte nach allen Seiten hin Schulden, ohne zu überlegen, welchen gefahrvollen Weg sie gehe. Die Tochter durfte sich in die Geldangelegenheiten der Mutter nicht mischen und entschlüpfte ihr einmal ein Wort der Verwunderung über deren Einkäufe, so lächelte diese überlegen und sagte mit Selbstzufriedenheit: „Wenn man eine Tochter hat, die einen berühmten Namen tragen wird, dann darf man sich schon solche Ausgaben erlauben."

Alma seufzte dann wohl heimlich bei diesem „wird", diesem Zukunftstraume, aus dem immer noch das her-

vorgehen konnte, was Martha mit ihrem Milchtopfe
erlebte; allein wie hätte sie so grausam sein können
ihrer Mutter einen Hoffnungstraum zu zerstören, der
in ihre Gegenwart so viele leichte Stunden trug. Sie
studirte dann also nur um so eifriger, befliß sich noch
tausendmal mehr ihres Lehrers Mahnworten nachzu=
kommen, entzog ihrem Schlafe noch ein zweites
Stündchen, beflissen sich ein Lob zu verdienen,
das sie überzeuge, ihr Beruf liege dort, wo sie ihn
suche.

Monat nach Monat verging auf diese Weise, der
Winter war vorüber, der Frühling kam, um mit
seinen Knospen und Blüthen das schöne Thal, worin
sie wohnte, in ein irdisches Paradies umzugestalten.
Wenn die Bäume sich schmückten, dann schmückte sich
auch die Bevölkerung, dann strömte Alt und Jung
hinaus auf die Dörfer, um ein Idyll zu erleben, von
dem man während der düstern Wintertage geträumt
hatte.

Die Frau Hofräthin empfand eine heftige Lust
sich diesem Strome glücklicher Müßiggänger anzu=
schließen; denn sie war, seit Alma diese Bühnenstudien
begonnen, um vieles lebenslustiger geworden, sie hielt
ihr Verzichten jetzt nicht mehr für eine Nothwendig=
keit, sie näherte sich ja dem Zeitpunkte, wo sie, wie sie
meinte, ihre Groschen nicht mehr zu zählen haben
würde, warum also nicht jetzt schon das lachende Glück,
das so nahe war, beim Schopfe ergreifen?

Alma aber war nicht für diesen Vorgenuß, hegte
überhaupt eine Abneigung sich dort zu zeigen, wo der

große Menschenstrom sich ergoß, wählte selbst im
Theater gern einen hinteren Platz; sie weigerte sich
daher bestimmt mit zu wandern, ließ es sich an einem
stillen Spaziergange wenn der Tag sich neigte, genügen, wählte für ihre Ausgänge am liebsten die ein-
samsten Orte. Die Hofräthin ahnte, warum das
junge Mädchen sich mit ihrer Person so gern versteckte,
und mochte nichts dagegen einwenden, obwohl es ihr
herzlich lästig zu werden begann; denn es verkürzte
ihr das eigene Vergnügen. Sie ging wohl dann und
wann auch ohne Alma aus, schloß sich der Frau Hellwald auf ihren Spaziergängen ohne sie an; allein der
Genuß war ein sehr geringer gegenüber dem Vergnügen
mit einer schönen Tochter Aufsehen zu erregen, die
Blicke aller vorübergehenden Herrn auf sich zu ziehen;
denn die guten Mütter fangen ja dergleichen Blicke,
als ob sie auf sie selbst gerichtet wären, auf.

Ob sie Alma einmal wieder ihren Egoismus vor-
werfen, ob sie ihr vorstellen solle, was sie ihrer Mutter
schuldig sei, und wie sehr sie das Glück derselben ver-
kürze, wenn sie nur sich selbst und ihren Studien
lebe? — Das war oftmals schon der Gegenstand ihrer
heimlichen Betrachtung gewesen, ohne daß es noch zur
Ausführung gekommen. Es war der heimliche Wurm,
der an ihrem Frieden nagte. Das Kind, das der
Mutter nicht zu Willen lebte, sich nicht ihren Wünschen,
ihren Neigungen anpaßte — wozu denn hatte sie
überhaupt ein Kind, wenn es nicht für sie lebte, wenn
es nur seiner selbst willen da war?

Sie verstand die Rechte der Eltern anders, sie sah

in ihrer Tochter einen Theil ihrer selbst, folglich ein Eigenthum und wollte auch in diesem Sinne über sie verfügen. Ohne sie wäre das Kind nicht da gewesen, folglich sollte es auch nur für sie da sein.

Unter diesem wogenden Hin und Her ihrer Rechte, in der sich nie der Gedanke an ihre Pflichten mischte, kam das Pfingstfest heran, mit seinem lustigen Grün, seinen duftenden Birkenzweigen, seinen blumigen Gefilden, über die hoch in den Lüften hin die Lerche in anmuthsvollen Schwingungen sich verlor. Alma's Unterricht erlitt jetzt eine Unterbrechung, weil ihr Lehrer verreiste. „Wer doch auch verreisen könnte!" seufzte die Hofräthin. „Noch ein ganzes Jahr sollen wir warten, und auch dann, wenn diese ewig lange Zeit an uns vorübergestrichen ist, werden wir nicht sofort in der Lage sein uns billige Wünsche erfüllen zu können. Ich weiß das. Es ist schrecklich. Als Dein Vater noch lebte, war es anders, da konnte ich in jedem Sommer auf meine Badereise rechnen. — Und dabei war der übrige Theil des Jahres doch auch weit entfernt von solchem ertödtenden Einerlei, wie es unser jetziges Leben bedingt. Freilich! Du gehst in das Theater, aber ich? — Du wirst vielleicht sagen: Was liegt an Dir, Mutter? Du bist eine alte Frau. Allein ich bin so alt nicht, wie ich Dir erscheine. Ich zähle ja noch nicht vierzig Jahre. Manche Wittwe in meinen Jahren denkt an eine neue Ehe. Auch ich hätte daran denken können; allein meine beschränkten Verhältnisse waren auch hier der Hemmschuh. Eine Frau ohne Vermögen, mit zwei Kindern; — damit

befaßt sich nicht gern ein Mann, und jetzt, wo Ihr
Euch selbst versorgen könnt, jetzt sehe ich verblüht aus;
denn Kummer und Sorge altern vor der Zeit."

Alma sah ihre Mutter betroffen an. Dachte sie
in allem Ernste daran sich zu verheirathen? — Ihr
erschien sie ja noch weit älter, als sie war; denn der
Jugend ist schon der Vorsprung eines Jahres von so
großer Bedeutung, daß sie denjenigen, der zwanzig
Jahre voraus hat, in dem Lichte eines Methusala betrachtet.

Damit der Mutter eine kleine Erheiterung zu
Theil werde, entschloß sie sich dann, an den Feiertagen zu
ihrer Verfügung zu sein; es wurde also ein Retour-
billet für einen größeren Ausflug genommen, und das
Fest zu einem wirklichen Feste gemacht. Natürlich
waltete immer die Sparsamkeit vor, so daß man sich
nur das Nothwendigste gönnte, ein Zimmer mit einem
Bette genügte, es wurde Abends kein Licht gebrannt,
und am Morgen kein Kaffee getrunken. Das gefiel
der Hofräthin nicht immer, während Alma, mit dem
leichten Muthe der Jugend, solche Entbehrungen für
unwesentlich achtete, und wenn sie im Mondenscheine
im Grünen wandeln durfte, eine Nachtigall mit ihren
sehnsuchtsvollen Klagetönen ihr Ohr traf, dann fand
sie im Genusse solcher Stunde eine völlige Ent-
schädigung für solches Verzichten.

Achtes Kapitel.

Der Fluch der Armuth.

Frei sein, heißt können, nicht wollen.

Der Sommer war sehr heiß gewesen. Jetzt strich ein scharfer Ostwind über die Flur, begleitet von heftigen Regengüssen. Das brachte Erkältungen, die sich auf die Nerven warfen, und den Typhus erzeugten. Die Aerzte hatten alle Hände voll zu thun, der unerbittliche Tod hielt eine reiche Ernte.

Die Hofräthin hatte sich schon seit längerer Zeit nicht wohl gefühlt. Ihr Kopf schmerzte, sie schleppte sich mühsam fort und konnte die kleinen häuslichen Geschäfte schließlich nicht mehr verrichten. Einen Arzt rufen? — Ja, das kostete Geld, und die Geldfrage stand auch bei dem Nothwendigen noch in dem Vordergrunde.

Endlich aber mußte es doch geschehen, denn ihre Stirne glühte, ein Frost schüttelte ihre Glieder und als sie aufstehen wollte, taumelte sie auf ihr Lager zurück.

Alma eilte nun selbst einen Arzt zu holen. Dr. Silenus hatte ihren guten Vater in seiner letzten Krankheit behandelt, seitdem war er um seinen Rath nicht angesprochen worden; allein sie durfte darum doch einen Antheil voraussetzen, den ein Fremder nicht hegen würde, und flog mehr als sie ging ihn um sein sofortiges Erscheinen zu ersuchen.

Er schüttelte bedenklich das Haupt, als er den Puls gefühlt. Die Sache war sehr ernst. Würde ein junges Mädchen, das nie an einem Krankenbette gesessen, als Pflegerin hier genügen? — Er machte Alma aufmerksam auf die Verantwortlichkeit eines solchen Amtes und rieth ihr, eine Diaconissin herbeizurufen. „Wir haben dazu die Mittel nicht", sagt sie einfach, „und ich bin jung und gesund, und werde genau ihren Vorschriften nachkommen."

Sie wich auch in der That nicht von dem Bette der Kranken, schlief des Nachts auf einer Matratze neben demselben, war bei dem leisesten Tone ihrer Stimme an ihrer Seite. Sie kannte nur ihre Kindespflicht und was sie that, geschah mit dem Herzen. Sie hatte nie zuvor die Hausarbeit verrichtet, nie das Feuer angezündet, nie gekocht und nie ein Bett gemacht. Jetzt that sie das Alles und verstand sie das Alles zu thun, weil Pflicht und Nothwendigkeit ihre Lehrmeister waren, die sie im Fluge reiften.

Woche nach Woche verging, und immer noch hielt sich der Todesengel zu Häupten des Lagers der Kranken. Alma fürchtete in mancher Nacht, das er seine Fittige senke, und ein Schauer zog bei dem Gedanken durch ihre Glieder; denn sie, die nie den Tod gesehen, nie sein unheimliches Nahen überwacht, konnte den Gedanken nicht ausdenken, daß plötzlich nur eine Hülle ihr von derjenigen geblieben sein könne, die sie, seit sie sich ihrer bewußt war, lebensvoll um sich gesehen. Sie zitterte bei dem Gedanken an das fürchterliche Alleinsein, daß ihr drohte, weil ihre Natur des

Anschlusses bedürftig war, in einem anderen Sein aufgehen mußte, sollte sie sich selbst etwas sein.

Sechs Wochen vergingen in dieser Weise, sechs Wochen der tiefsten Sorge und Angst; dann stellte sich eine Krisis ein und das Fieber ließ nach.

Der Arzt blickte Alma trostvoll an und diese weinte Thränen des Glückes. Ach! Sie wußte ja nicht, was dies Glück für neue Forderungen an sie stellen könne!

Zum ersten Male schlummerte ihre Mutter ein wenig.

Alma holte nun schnell ihre Arbeit hervor, mit der neu erwachten Hoffnung kam auch eine neue Arbeitskraft, war das Leben gerettet, so machte die Existenzfrage nun doppelte Anforderungen.

Die Genesung ist fast schlimmer noch als die Krankheit, und stellt an die Pflegerin die neue Anforderung den Kranken zu jenem Gehorsam zu zwingen, den er bis dahin aus Apathie bewiesen.

Die Hofräthin gehörte nicht zu den nachgiebigen Naturen; jetzt, wo sie ihrer Schwäche sich bewußt ward, fühlte sie ein so ungeheures Mitleiden mit sich selbst, daß sie aufloderte, so oft Alma ihr Trost zusprach und allerlei unmögliche Dinge von ihr verlangte. „Du verstehst eben keine Pflege", sagte sie; „Du hast keinen Begriff davon, was ein schwacher Körper bedarf, um wieder zu Kräften zu kommen. Bei dieser elenden Nahrung kann ich ja nie erstarken."

Daß Alma genau nach der Vorschrift des Arztes handelte, wollte sie nicht verstehen, und wenn diese sich damit entschuldigte, so wurde sie heftig. Jede Aufregung sollte aber vermieden werden. Was ließ sich da machen?

Es kam dann aber die Zeit, wo der Arzt selbst eine kräftige Nahrung und guten Wein angewendet wissen wollte, und jetzt sah Alma zu ihrer Verzweiflung, daß ihre Lage das ganz unmöglich mache. Schon war eine bedeutende Apothekerrechnung angelaufen, und außerdem Rechnungen aller Art in Aussicht. Wie sollte das enden? Der Trost, den die verschiedenen Gläubiger aus ihrer Bühnenlaufbahn geschöpft, war durch die Krankheit der Mutter hinausgerückt worden, der Zweifel schnitt jeder Hoffnung darauf die Spitze ab. — In dem Tapisseriegeschäft hatte man ihr einigen Vorschuß gewährt; sie durfte aber auch diesen Anspruch nicht allzuweit ausdehnen. Aber wie helfen?

Das Weihnachtsfest schlich trübe an ihr vorüber. Es war auch im vorigen Jahre nicht heiter gewesen, hatte auch damals keinen lichtergeschmückten Baum geboten, wie Andere ihn sich, auch bei noch so beschränkten Verhältnissen, anzündeten; aber ihr froher Jugendmuth hatte immer noch eine lichte Seite an ihrem Dasein gefunden, womit sich das Dunkel erhellt. Dies Mal aber hing sie das reizende Haupt, als sei es zu schwer für seine Sorgen, und die immer fleißige Hand sank manchmal in den Schooß.

Die Mutter hütete immer noch das Bett. Sobald sie es wieder verlassen konnte, wollte Alma ihre Stunden sogleich aufnehmen. Der Arzt meinte, sie solle am Neujahrstage zum ersten Male versuchen aufzustehen und Alma freute sich darauf, als ob das ein neues Leben für sie eröffne.

Sie hatte die Mutter angekleidet und die wenigen Schritte bis zum Sopha hinübergeleitet. Da saß nun die Frau Hofräthin, durch Kissen unterstützt, das bleiche Haupt zurückgelehnt, und schaute trüben Blickes auf die emsig beschäftigte Tochter.

Es wurde geschellt. „Ein Brief für Dich", sagte die Tochter. „Soll ich ihn Dir vorlesen, Mutter?"

Sie öffnete ihn und durchflog ihn mit dem Auge. Todtenbleich legte sie ihn dann auf das Fenstersims.

„Was ist?" fragte die Hofräthin. „Was erschreckt Dich so? Ich muß es wissen, ich will es wissen."

Sie ließ keinen Einwand zu, die Tochter mußte gehorchen. Es war eine Mahnung des Wirthes und zugleich eine Kündigung, weil er das von ihnen bewohnte Quartier selbst beziehen wolle. „Was nun?" sprach die Mutter und „Was nun", erklang als Echo in der Tochter Brust. Beide saßen einander lange Zeit stumm gegenüber. Auf der Hofräthin Stirne grub sich während dem eine finstere Linie, die Frucht ihrer düstern Gedanken, die Unheimliches brüteten. Ihre Lage, wie sie war, schien ihr unhaltbar, es mußte Abhülfe gefunden werden, mit fast keinem Heller im Hause konnte für ihre Verpflegung nicht gesorgt werden und sie sehnte sich nach einem guten Bissen, einer Forelle, einem gebratenen Hühnchen, irgend einem Gerichte, das auf der Tafel der Reichen täglich zu sehen war.

Als Alma nach einigen Tagen zum ersten Male

wieder zu ihrem Lehrer ging, war die Hofräthin ihres
Alleinseins so sichtlich froh, daß die Tochter sie ver=
wundert ansah. „Es ist doch eine Veränderung",
sagte die Mutter, sich entschuldigend. „Andere Kranke
können sich an die Luft tragen lassen, können ihre
Genesung durch Spazierfahrten befördern; ich aber
muß diesen Schneckengang gehen, weil wir arm sind.
Erzähle mir also wenigstens etwas Neues, wenn Du
zurückkommst, das meine Gedanken von mir selbst ab=
lenkt. Weiß Gott! ich habe das sehr nöthig!"

Kaum hatte sich dann die Thüre geschlossen, so
zog sie Papier und Feder hervor und schrieb einen
Brief. Damit fertig, wankte sie an das Fenster, und
warf ihn, als gerade der Postbote vorüberging, hinunter.
Sie sah, daß er sich danach bückte, ihn aufhob, die
Adresse las und dann hinauf sah. Sie nickte ihm
zu, er nickte wieder. Sie hatten sich verstanden.
„Gottlob!" sagte die Hofräthin zu sich selbst und
lächelte dazu schadenfroh. Ihre kleine List war ihr
gelungen und erschöpft wankte sie dem Sopha wieder
zu, wo ihr müdes Haupt erschöpft in die Kissen sank.

Sie erholte sich in der That nur langsam und der
Arzt ließ Aeußerungen fallen, die auf ein Leberleiden
deuteten, das langwierig in seinem Verlaufe sein
konnte. Er hatte Alma schon heimlich gefragt, ob sie
ihre Mutter, wenn seine Befürchtungen begründet sein
sollten, nicht in einem Krankenhause unterbringen wolle,
was sie bestimmt verneinte. So wie ihre Verhält=
nisse lagen, war daran ja gar nicht zu denken; auch
würde ihre Mutter es ihr nie verziehen haben, wenn

sie in der Weise sich ihrer Pflege entzogen, und dann auch, last no least, was hätte sie selbst in dem Falle mit sich gemacht.

Sie sprach einen Augenblick bei Frau Hellwald vor und klagte dieser ihr Leid. Die kleine Frau war so theilnehmend, brachte ihrer Mutter so oft einen guten Bissen, daß sie ihr recht von Herzen dankbar war und sich gern eine kurze Minute in deren Wohlwollen sonnte. Von ihren drückenden Verhältnissen, von den Schulden, die das Damokles Schwert über ihrem Haupte waren, durfte sie kein Wörtchen sagen, ihre Mutter hatte das strenge verboten; allein die schwere Krankheit und was sie in ihrem Gefolge gebracht, reichte hin die lebhafteste Theilnahme für das junge Mädchen wach zu rufen, daß so still und freundlich Woche nach Woche und Mond nach Mond das schwere Amt geübt, eine Kranke, die nicht freundlich und nicht dankbar war, zu hegen und zu pflegen.

Wie wohl that es ihr, wenn die kleine Frau sie lobte, ihr die Wange streichelte, sie küßte, und sie ein liebes gutes Kind nannte. Nicht gewöhnt an solche zärtliche Worte, machten sie sie weich, lösten sie gewissermaßen die Rinde von ihrem Herzen, ließen die Ahnung von dem, was sie vermißte, in ihr entstehen! Wie schön mußte es sein, dachte sie dann bei sich, wenn ein solcher Athem warmer Liebe sie beständig berühre, und ein Glücksgefühl hervorbringe, vor dem alle Erdensorgen zu einem Nichts werden müßten.

Erfrischt, gekräftigt zu neuer Thatkraft des Herzens, kehrte sie nach diesem kurzen Seelenbade, in das

Krankenzimmer zurück, wo sie die Mutter noch ganz in derselben Lage, wie sie sie verlassen hatte, fand. Sie blinzelte, als Alma zu ihr hintrat, nur mit einem Auge sie an; denn das Bewußtsein einer heimlichen That, drückte das andere zu. Die Tochter, noch warm von dem Scheidekuß der Hellwald, neigte sich zu ihr hinab und berührte mit ihren Lippen der Mutter Stirn. Diese zuckte dabei zusammen. Die Herzlich= keit der Tochter war ihr mehr peinlich, als erfreulich. „Du läßt Dich zu sehr von Deinen Empfindungen beherrschen", sagte sie vorwurfsvoll. „Bedenke doch unsere Lage! Sie erfordert wahrlich einen hohen Grad der Härte gegen sich selbst."

Alma schwieg. Ihr schien dieser Ausfall ungerecht= fertigt. Seine tiefere Bedeutung konnte sie allerdings nicht vermuthen.

Die Hofräthin war an dem Tage besonders herbe in allen ihren Auslassungen. Alma schrieb das der Noth zu, die die kranke Frau allerdings mehr noch drücken mußte, als es bei einer gesunden der Fall gewesen sein würde. Sie legte sich früh zur Ruhe und schlief wenig. Ihr Gemüth schien außerordentlich be= unruhigt zu sein. Als Alma von einem kleinen Aus= gange, der den Einkäufen für das Mittagsmahl galt, zurückkehrte, drückte die Mutter ihr ein Papier in die Hand, worauf geschrieben stand:

Heute Abend 8 Uhr, Zimmer Nr. 12, Preis tausend Frank.

Noch starrte sie mit unsäglicher Angst das Papier an; da sagte die Mutter:

„Bei Dir steht es, ob Du uns retten willst, ob Du, was Du für den Bruder gethan, auch für Deine arme kranke Mutter thun kannst."

Das junge Mädchen senkte die Lider über die thränenschweren Augen, ihre Lippen verfärbten sich, und kaum vernehmbar flüsterte sie: „Ich werde gehen."

Neuntes Kapitel.

Wo ist Rettung?

> Man geht nie weiter, als wenn man das Ziel nicht kennt.

In einem großen, düsteren Hause in der Schloß=straße, wo Staub auf den Treppen lag, und Staub aus allen Ecken emporwirbelte, wohnte in einem oberen Stocke eine Dame, die Stellen vermittelte. Ihr Ge=schäft blühte schon lange, ihr Ruf hatte sich weit ver=breitet, auch im Auslande wandte man sich bereits an sie, und wer einen Platz in der Fremde wünschte, pochte sicher an ihre Thüre.

Sie hatte ihre bestimmten Sprechstunden und wer dann kam, fand sie vor ihrem großen Schreibtische, eine Brille auf der Nase, ein großes Buch vor sich, worin sie ihre Kundschaft verzeichnete.

Es war ein schüchternes Klopfen, dem ihr lautes

Herein! folgte, und über die Schwelle trat eine hohe
schlanke Gestalt, in tiefe Trauer gekleidet, das Ange-
sicht mit einem Kreppschleier verhüllt. „Kann ich Sie
einen Augenblick sprechen?" fragte eine schüchterne
Stimme, während die Hand sich erhob, den Schleier
zu lüften.

„Ich stehe zu Diensten", sagte die Angeredete, und
schob der Fremden einen Stuhl hin.

„Ich heiße Alma Junghaus und suche eine Stelle",
sprach das junge Mädchen, Platz nehmend. „Ich habe
vor vierzehn Tagen meine Mutter verloren, stehe nun
ganz allein und möchte sobald als möglich Aufnahme
in einer anständigen Familie finden."

„Und was können Sie leisten?" fragte die Agentin,
sie zugleich durch ihre Brille einer strengen Musterung
unterwerfend.

„Ich möchte Kinder in den Anfangsgründen unter-
richten", entgegnete Alma bescheiden. „Ich habe eine
sehr gute Erziehung genossen, bin in dem Institute
von Fräulein Hebenstreit erzogen; allein ich bin keine
geprüfte Lehrerin. Ich muß das Lehren erst durch
Uebung lernen. Darum, je jünger die Schülerinnen
sind, um so besser für mich."

„Und welches Gehalt beanspruchen Sie?"

„Das kann ich wirklich nicht sagen. Ich werde
zuerst mit dem, was man mir giebt, zufrieden
sein."

Die Agentin schlug in ihrem großen Buche nach.
„In einer Villa, eine halbe Stunde von hier, wird von
einem Ehepaar mit einer einzigen Tochter, von zehn

Jahren eine Erzieherin gesucht. Würde das Ihnen zusagen?"

„Ich habe vergessen Ihnen zu bemerken, daß ich nicht an einem Orte zu bleiben wünsche, der so traurige Erinnerungen für mich hat; ich bitte also mich möglichst ferne von hier unterzubringen."

„Sie meinen außerhalb Deutschlands?"

„Das wäre mir allerdings das liebste; allein sollte sich das nicht sogleich finden, so würde ich mich schon zufrieden erklären, wenn es ein anderes Land wäre; — nach dem Süden Deutschlands, oder nach der Schweiz zu gehen, z. B. wäre mir ganz angenehm."

Die Agentin blätterte wiederum in ihrem großen Buche.

„Hier ist eine Stelle bei dem Director des Theaters in einer kleinen süddeutschen Residenz, nicht so sehr als Lehrerin, als vielmehr als Bonne, als Begleiterin eines Mädchens von zwölf Jahren, halb und halb als dessen Spielgefährtin, weil sie die einzige Tochter ist, und halb und halb die Aufsicht über sie zu führen, ihre Schularbeiten zu überwachen, mit ihr spazieren zu gehen. Gehalt hundert Thaler."

„Diese Stelle, wenn ich sie gleich antreten kann, nehme ich sehr gern an", sagte Alma nach kurzer Ueberlegung."

„Gut. Ich schreibe noch heute darum hin. Auf wen können Sie sich berufen? Wer wird sie empfehlen?"

Alma erglühte. Sie hatte ja Niemanden. Ueberhaupt von hier aus empfohlen zu werden, schien ihr eine Herausforderung des Schicksals zu sein, an das sie glauben gelernt hatte.

Zögernd sagte sie: „Der Arzt meiner Mutter, Dr. Silenus, der ihr in ihrer Krankheit beigestanden, wäre wohl die geeignetste Persönlichkeit; dann auch die Institutsvorsteherin. Der Geistliche, von dem meine Mutter die letzte Oelung empfangen, kennt mich leider kaum."

„Die beiden Genannten sind genügend;" sagte die Agentin kurz und machte ihre Notizen. „So wie die Antwort kommt, benachrichtige ich Sie. Einschreibe= gebühr ist drei Mark."

Alma zahlte und ging. Sie schlüpfte, so wie sie das Haus verließ, in ein dunkeles Zwischengäßchen, um die Schloßstraße zu vermeiden, wo ihr jeder Stein unter den Füßen brannte, aus jedem Fenster ein un= sichtbares Auge nach ihr auszuschauen schien. Auf Umwegen erreichte sie ihr Haus, die kleine Wohnung, die jetzt öde war, deren Möbel morgen dem Hammer des Taxators anheimfallen sollten, während sie selbst, bis sie eine Stelle gefunden, zu der Familie Hellwald zu übersiedeln eingeladen worden war.

Sie hatte heute noch so manches zu ordnen, sie packte ihren Koffer, sie packte für den Bruder eine Kiste, mit Andenken von dem Vater, mit dessen Büchern, mit Familienbildern. Für sich selbst be= gehrte sie nichts dergleichen, sie mochte am liebsten an nichts in ihrer Vergangenheit erinnert sein, sie wünschte alles mit dem Schleier des Vergessens zu bedecken. So ein Trunk aus dem Lethe, wie würde er sie erquickt haben! — Morgen ihr 20. Geburtstag, und in gewissem Sinne keine Zukunft mehr vor sich?

Die fürchterliche Krankheit der Mutter, die sich als Leberkrebs entpuppt hatte, wie viele Opfer hatte sie diesem grausamen Leiden gegenüber noch bringen müssen, um ihr wenigstens die Linderung zu gewähren, die sich durch Geld ermöglichen ließ.

Was hatte auch viel daran gelegen? Das Sprichwort sagt ja, nur der erste Schritt koste, und im Vergleich damit war ihr denn auch jeder spätere leicht geworden.

Sie schaute zu den Wolken auf, zu den unerbittlichen Mächten, die das über sie verhängt, und fragte sich, wie das alles so gekommen sei, so habe kommen müssen?

Jetzt ruhte die Mutter, der sie die schweren Opfer gebracht, unter dem kleinen grünen Hügel, auf dem sie ein einfaches Kreuz hatte stellen lassen, damit der Sohn einst ihr Grab nicht vergeblich suche. Sie selbst, sie besuchte es jetzt noch nicht, sie konnte dort jetzt noch nicht beten; vielleicht später einmal, wenn sie verschmerzt haben würde, was ihre Jugend ihr gebracht.

Man rieth ihr, daß sie ihre Bühnenstudien nun wieder aufnehmen solle; allein sie lehnte das entschieden ab, weil sie keinen heißeren Wunsch hegte, als aus diesem Orte fortzukommen, um nie, nie mehr hierher zurückzukehren.

Die Theilnahme für das verlassene Mädchen, die Waise, die so brav an ihrer Mutter gehandelt, war

allgemein; auch der Arzt bot ihr sein Haus an.
Man wunderte sich, daß sie all dem freundlichen Ent-
gegenkommen gegenüber, so kühl blieb, sich so durchaus ablehnend verhielt; denn man konnte ja nicht den
heimlichen Groll dieses Mädchenherzens, das es der
menschlichen Gesellschaft nicht vergab, durch ihre socialen
Einrichtungen Zustände geschaffen zu haben, die
schlechte Mittel zu gutem Zwecke zu einer Nothwendigkeit machten.

Ihre Mutter war als ehrliche Frau gestorben,
alle ihre Schulden waren bezahlt worden, sie hatte
einen guten Namen hinterlassen. Sie war außerdem
auch als gläubige Christin gestorben, hatte die Sacra-
mente erhalten, mit aller Anwaltschaft auf einen
Ehrenplatz im Himmel. Sie hatte ihre Tochter noch
gesegnet, und diese schon erkaltende Hand der Mutter
auf ihrem Haupte hatte sie lange noch dort ruhen
gefühlt. Zu Zeiten fühlte sie sie immer noch. So
oft ihr das Herz schwer wurde, ihre Aufgabe dem
Leben gegenüber ihr unlösbar schien, der Muth sie
zu verlassen drohte, ihren einsamen Weg befriedigend
für sich selbst zu wandeln; dann eilte sie mit ihren
Gedanken an das Sterbebett zurück, dann fühlte sie
aufs Neue diese schwere Hand, dann flüsterte eine
Stimme ihr die Trostworte zu: der Gott, der in das
Innere schaue, richte nur nach der Absicht.

Sie wurde nach wenigen Tagen wieder zu der
Agentin beschieden, und erhielt die trostreiche Aus-
kunft, daß sie engagirt sei, zum Ersten des nächsten
Monats eintreten könne.

Mit geflügelten Schritten eilte sie heim, ihren herzensguten Wirthen diese Nachricht zu bringen, und sah zu ihrem Bedauern, daß sie ihr die Befriedigung, die sie von ihnen entfernte, übel anrechneten. —

Sie wußten freilich nicht — und Gottlob! daß sie es nicht wußten — was sie von ihnen fort trieb und nannten es eine Wanderlust, die sich noch strafen würde; denn in der Fremde zu sein, wo kein befreundetes Gesicht ihr aufstoße, ziehe oft ein bitteres Heimweh nach sich, das alle Freude am Dasein verderbe.

Sie konnte dann nur ausweichend antworten, nur sagen, daß ihr eine Veränderung des Ortes so sehr wünschenswerth sei, weil sie die schmerzlichen Bilder verscheuchen würde, die ihr Auge trübten, daß sie Ihnen recht oft schreiben und ihnen ihre dauernde Anhänglichkeit beweisen würde.

So kam denn der Tag des Abschieds heran, der Thränen von beiden Seiten im Gefolge hatte. Alma herzte die Kinder, als müsse sie an ihnen die ganze Zärtlichkeit ihrer weichen Natur auslassen, sie schluchzte über der Wiege des Kleinen, bis das Kind selbst mit zu schluchzen begann, und wankte schließlich, wie gebrochen, aus dem Hause.

Herr und Frau Hellwald begleiteten sie bis an die Bahn, wo sie ihr noch wieder und wieder die Hand in das Coupé reichten, mit einem „Behüte Sie Gott!" das aus warmen Herzen kam, und von ihr mit neuen Thränen, die sie die gebotene Hand an ihre Lippen führend, darauf hinab weinte, beantwortet wurde.

Zehntes Kapitel.

Die Sonne leuchtet noch.

Spiele nicht mit dem Feuer.

Die kleine Residenz des Herzogs von H., mit ihren grabliniegen Straßen, und niedrigen Häusern, bot an einem Regentage, wo die Leute sich nicht hinaus wagten, keinen erheiternden Anblick. In dem elegantesten Stadttheile, nicht allzuferne vom Theater, befand sich die Wohnung des Directors, die sie bei ihrer Ankunft dem Droschkenkutscher nannte, der sie, nachdem er ihren Koffer aufgeladen, langsam ihrem Ziele zuführte.

Wie pochte ihr das Herz bei dem Gedanken, in dies fremde Haus zu treten, sich selbst diesen Leuten vorzustellen, ihr Schicksal in deren Blicken zu lesen. Ob sie ihnen gefallen würde, hing ja ganz davon ab, welche Erwartungen sie von ihn hegten, welches Bild sie sich von ihr entworfen. — Der erste Eindruck mußte hier entscheiden und dieser war einem Schicksale gleich, an dem man nichts ändern kann.

Der Wagen hielt, der Kutscher sprang vom Bocke und zog die Hausschelle, ein Fenster öffnete sich im oberen Stocke, und gleich darauf erschien ein galonnirter Diener, der den Wagenschlag öffnete, ihr beim Aussteigen behülflich war, und, während sie dem Kutscher sein Fahrlohn reichte, sich ihrer Sachen be-

mächtigte, und sie dann bat, ihm die Treppe hinauf
zu folgen.

Im Vorzimmer trat ihr die Frau Baronin ent=
gegen, reichte ihr zum Willkommen die Hand, und
stellte ihr das Töchterchen vor. Dann überließ sie es
dieser, Fräulein Junghaus in ihr Zimmer zu führen,
und sie dort mit Erfrischungen zu versorgen. Erst die
Theestunde sah sie dann im Familienkreise, dessen Sonne
der Herr Intendant war, um den sich Alles drehte.

Ein Genie ist bescheiden, ein Dichter ist anspruchs=
voll. Die Gattin des letzteren hat die schwierige Auf=
gabe diesen Ansprüchen einen fortwährenden Weihrauch
zu streuen, der dem Dichter, namentlich dem Lyriker,
wenn er auch nichts weiter als eine Jugendarbeit in
Versen aufzuweisen hat, Bedürfniß ist. Sie muß ihm
immer neue Lorbeerkränze winden, sonst macht sie ihn
unglücklich. — Sie muß unter ihren Freundinnen, in
ihrem Bekanntenkreise, gleichsam dafür werben, daß
man die vergelbten Blätter auffrische, den Poet laurent
mit dem Immergrün seines jugendlichen Triumphes
erblicke.

Die Baronin Gänsekiel löste ihre Aufgabe mit
völligem Verständniß der Sachlage. Sie sorgte dafür,
daß ihrem Dichter die Clacqueurs niemals fehlten.
Zu dem Ende hatte sie stets jugendliche Gäste im
Hause, die für den Gatten schwärmten, zum Danke
für die ihnen gebotene Hospitalität, jedes Wort aus
seinem Munde bewunderten, an seinen Blicken hingen,
sich selig priesen, wenn er ihnen einige Minuten seiner
kostbaren Zeit widmete.

Vielleicht hatte sie Alma gewählt, um diese Schaar zu vergrößern, damit ein Auge mehr mit jugendlicher Begeisterung zu ihm aufschaue, und dadurch seine Häuslichkeit mit einem neuen Reize schmücke. Für den Moment aber schlug diese Absicht dadurch fehl, daß die neue Hausgenossin ihre Stellung durchaus nicht in dem Lichte auffaßte, als ob sie für den Herrn des Hauses schwärmen dürfe.

Sie hielt sich sehr bescheiden zurück, und nahm an dem Gespräche wenig Theil. Sie fühlte sich daneben auch sehr befangen in einem Kreise, der in einer ganz anderen Sphäre lag, als der sie bis dahin angehört. Ueberhaupt war sie ja nie in der Welt gewesen, hatte die Phrase, die die gute Gesellschaft für sich hat, nicht kennen gelernt, sie fühlte sich daher keineswegs reif für die hier geltende Parole.

Baron Gänsekiel nahm anscheinend wenig Notiz von ihr. Weil er nun schon so lange Jahre auf einem Triumphstuhle saß, den er fast nie verließ, so hatte er es auch bereits verlernt, ein artiger Wirth, ein liebenswürdiger Gesellschafter zu sein. Man mußte sich um ihn bemühen, nicht er sich um Andere.

Alma zog eine kleine Handarbeit hervor, stickte und hörte zu, was Andere sprachen. Sie wußte, daß sie noch viel zu lernen haben würde, um in diesen neuen Verhältnissen Fuß zu fassen und war mit ganzem Ernste dabei ihre Aufgabe zu lösen.

Sie hatte gegenwärtig zu sein bei den Unterrichts-stunden. Unter diesen war ihr der interessanteste die Auslegung der Bibel, womit ein junger Geistlicher,

der Stadtpfarrer Lauter, beauftragt war, um zugleich
die Confirmation der Baronesse vorzubereiten. Er
erschien wöchentlich zwei Mal und diese Tage wurden
sehr bald die Lichtpunkte in dem Leben des stillen
Mädchens; denn er richtete dann immer das Wort an
sie, fragte theilnehmend nach ihrem Ergehen, wünschte
sichtlich sie zu veranlassen von ihren Verhältnissen mit
ihm zu sprechen, ihm ihr Herz auszuschütten und bat
sie wiederholt, ihn in dem Lichte eines Freundes zu
betrachten, auf den sie bei allen Vorkommnissen rechnen
könne.

Er mochte sich wundern, sie so wenig mittheilsam
zu finden; denn nicht einmal eine directe Frage be-
antwortete sie befriedigend. Wie eine Sensitive verschloß
sie sich gegen jeden Einblick in die Motive ihrer Trauer,
und ihres Vorlebens, ja nicht einmal den Ort, wo
sie gelebt, nannte sie gern. „Wenn man mich doch
nicht fragen, wenn man mich doch mir selbst überlassen wollte!" dachte sie oft bei sich, wenn in der best-
gemeinten Absicht die Aufforderung an sie erging,
Anderen dadurch näher zu treten, daß sie ihnen Vertrauen schenke. Vertrauen? Sie hatte kein Vertrauen
zu schenken, sie fürchtete sich vor jedem Anspruch der
Art, für sie begann das Leben mit dem Heute, was
hinter ihr lag, mußte begraben und vergessen sein.

Sie begleitete die Familie manchmal in das
Theater, wodurch sie sich stets wohlthuend zerstreute;
denn ihre Vorstudien waren ihr eine Schule gewesen,
die ihr Urtheil gebildet, ihren Geschmack geläutert
hatte. Seit der Herr Intendant gewahr geworden,

6*

wie verständnißvoll sie zuschaute, sah er es gern, wenn
sie mit ging, und unterhielt sich dann mit ihr über
die Vorstellung. So kam es denn, daß er von ihren
Vorstudien für die Bühne Kenntniß erhielt, und sie
ermunterte, diese fortzusetzen. Sie hatte selbst schon
daran gedacht gehabt; allein was sie davon absehen
ließ, war der Gedanke, daß sie dann in die Oeffent=
lichkeit treten müsse, und dadurch sehr leicht von jenen
Herrn wiedererkannt werden könne, deren Blicken
jemals wieder zu begegnen ein fürchterlicher Gedanke
für sie war.

Es drehte sich in diesem Hause alles um das
Theater, und Bühnenkünstler hatten freien Zutritt.
Der Intendant erschien nie in den Proben, was den
Vorstellungen nicht zum Vortheile gereichte. Er dichtete
in den Frühstunden und war nur, wenn er sich aus=
ruhen wollte, Intendant. Er saß jeden Abend im
Theater und seine Gattin mit ihm, es gehörte das zu
ihren Pflichten, so langweilig es im Grunde für sie
sein mochte, dieselben Stücke wieder und wieder zu
sehen.

Als die Tage länger wurden, die Nachtigallen im
Schloßgarten sangen, zog es Alma hinaus in die freie
Natur, so daß sie mitunter einen Spaziergang dem
Theaterbesuche vorzog. Das sah der Herr Intendant
nicht gern. Was ihn interessirte, sollte auch seine
Umgebung interessiren, er nahm ihre Weigerung mit=
zugehen, so höflich sie sie auch einkleidete, wie eine
persönliche Zurücksetzung auf, die den Herrn Baron
von Gottes Gnaden innerlich empörte. „Verbiete ihr

diese einsamen Spaziergänge!" sagte er zu seiner
Gattin. „Es schickt sich nicht." Und seine Kadidjah
war sofort entschlossen, ein solches Verbot ergehen zu
lassen.

Sie, an die es ergehen sollte, ahnte noch nichts
von demselben. Leichten Fußes war sie über den
Schloßplatz gegangen, und von dort aus in einen
Baumgang eingebogen, der sie an einen der Weiher
führte, wo Schwäne ruderten, plätschernde Cascaden
ihr Ohr trafen und Blüthenduft sie in waches
Träumen einlullte. So frei, so allein zu sein, war
auch eine Wohlthat, die sie zu schätzen wußte, seit sie
vor fremden Augen stets mustergültig einherzugehen
beflissen sein mußte. Sie durfte das Haupt senken,
sie durfte es stützen, sie mochte traurig aussehen, mochte
einer heimlichen Thräne ihren Lauf lassen, die Gott=
heit, die ihr zusah, fand für das Alles Vergebung, .
während das Auge der Menschen mit richtender Strenge
auf ihr weilte.

Sie hatte sich auf der Bank zurückgelehnt und
zerpflückte gedankenlos, oder vielleicht auch gedanken=
voll die Blumen, die sie in der Hand hielt. Nichts
störte sie dabei, der Garten war leer um diese
Stunde.

Da knisterte es auf dem Sande, ein rascher, fest
auftretender Schritt nahte, unwillkürlich fuhr sie
empor, und nach der Seite umschauend, von wo er
nahte, sah sie den jungen Pfarrer auf sich zukommen.

Er setzte sich ohne weiteres zu ihr.

„Ganz allein, Fräulein Junghaus?" redete er sie

an. „Wie kommt das? Wollte Baroneffe Hilda sie nicht begleiten?"

„Sie ift mit den Eltern ins Theater gegangen, und ich hatte gebeten, indeffen hier im Grünen figen zu dürfen", fagte fie unbefangen.

„Das trifft fich ja glücklich", entgegnete der junge Mann erregt. „Ich habe längft gewünfcht Sie einmal allein zu treffen, mit Ihnen einmal unter vier Augen ein ernftes Wort reden zu können, denn Sie find des Troftes, der Zufprache bedürftig, und man weiß nicht wie man Ihnen beides bieten kann, weil Sie fo un= nahbar ferne fich verhalten. So jung und fo allein, in einem fremden Lande, unter Ihnen ganz fremden Menfchen, find Sie doch des Anfchluffes, der Freund= fchaft Ihnen wohlwollender Menfchen bedürftig, und unbegreiflich ift es, daß Sie fich fo ablehnend ver= halten. Wie kommt das?"

Alma hatte, während er fprach, die Lider gefenkt. Seine fympathifche Stimme, die warme Theilnahme, die aus feinen Worten fprach, rührten fie tief, die Rinde, die fich um ihr Herz gebildet, fchmolz, und heiße Thränen rollten über ihre Wangen. Wie be= fchämt über diefen Ausbruch einer Gefühlsregung, die fie ungerechtfertigt fand, führte fie rafch das Tuch an die Augen und faßte fich dann mit gewaltfamer Energie.

„Mein trauriges Schickfal verhindert mich, den Anfchluß, von dem Sie reden, zu fuchen", fagte fie dann, mit vor innerer Bewegung zitternder Stimme; „denn diefer Anfchluß bedingt von meiner

Seite ein Vertrauen, das ich nicht gewähren kann."

„Und darf ich wissen, warum Sie es nicht können, warum ein junges Mädchen, das so gut und un= schuldsvoll in die Welt blickt, wie Sie, nicht jeden Gedanken und jede Empfindung offen an den Tag legen kann?"

Sie zögerte einige Minuten mit der Antwort, dann sagte sie leise:

„Herr Pfarrer! Darf ein Kind seine Mutter an= klagen? Darf es eine Schuld an das Licht ziehen, die das Grab deckt? Würden Sie nicht der Erste sein, der der unnatürlichen Tochter zürnte, die, um die Theilnahme der Menschen zu erregen, zu einem solchen Mittel griffe?"

„Freilich — wenn das sein müßte!" sagte der junge Mann, und sah sie mit wachsender Theilnahme an. „Ich dachte nur an den Schmerz um eine Mutter, an die Lage einer Waise, ich dachte nur an Sie, und was Ihr Herz erleichtern könnte."

Sie seufzte hoch auf.

„Sie wissen nun, auf welcher unseligen Basis mein Kummer ruht, und ewig ruhen muß; denn das Geschehene bleibt geschehen, an dem Vergangenen ändern wir nichts. Je weniger ich aber daran er= innert werde, je besser für meinen Frieden. Ich bin hierher gekommen, um möglichst ferne von der Stätte zu sein, wo sich mein trauriges Geschick erfüllte. Die Erinnerung an eine schwere Vergangenheit bleibt, es giebt kein Mittel sie auszulöschen; wenn aber jede

unberufene Hand sich ermächtigt fühlt, Geister der
Vergangenheit herauf zu beschwören, die ich mühsam
zu bannen suche, so empfinde ich das wie einen Ein=
griff in meine persönlichen Rechte und verwahre mich
dagegen. Daß ich Ihnen diese Erklärung meines
Wesens gab, mögen Sie als Beweis meiner Achtung
hinnehmen, und auch — weil ich Ihre Güte und
Freundlichkeit doch durch etwas verdienen wollte, das
dem Vertrauen nahe kam, das Sie von mir be=
gehren."

Sie schwieg. Ihre Hand, von der sie den Hand=
schuh abgezogen, strich gedankenvoll über ihr schwarzes
Kleid hin, als wolle sie eine Falte darin glätten. Der
junge Pfarrer ergriff diese Hand, und legte sie zwischen
seine beiden Hände. Sich zu ihr hinüber neigend, und
ihr innig in die Augen schauend, sagte er:

„Alma, willst Du mein Weib sein?"

Wie von einer Natter gestochen, fuhr sie mit einem
Schmerzensschrei empor, und schlug beide Hände vor
das Gesicht. Eine Minute lang hatte es den Anschein,
als wolle sie sich in den Weiher stürzen; allein bevor
ein solcher Gedanke zur That werden konnte, hatte
der junge Mann sie eingeholt, und am Kleide festge=
halten." Um Gottes Willen, was wollen Sie thun,"
rief er bestürzt."

„Vor einem Glücke fliehen, das mich mit Ver=
zweiflung erfüllt!" rief sie wild, und riß sich von
ihm los, um wie ein gescheuchtes Reh, fort zu
eilen. Bestürzt sah er ihr nach. Tiefes Mit=
leid mit dieser armen, jungen Seele, die in ihrer

Trübsal so ganz allein stand, erfaßte ihn, er wollte sie an sein Herz nehmen, sie hegen und pflegen und lieben, das Glück, das sie floh, es sollte sie dennoch finden.

———

Elftes Kapitel.

Noch eine Hoffnung?

> Was wir männlich nennen, ist nichts
> als Barbarei.

Die Kirchenglocken tönten mit bescheidenem Klange zu dem festlichen Tage, der den jungen Stadtpfarrer an die Stufen des Altars rief, vor dem er so manches Mal schon die segnende Hand erhoben, während heute das eigene Haupt sich diesen Segen zu empfangen beugen sollte.

Bleich und zitternd trat die schöne Braut, geführt von der Baronin Gänsekiel, an seine Seite. Die Myrthe in ihrem Haare schien ihr das Haupt zu beschweren, das wie von einer Last gedrückt, demuthsvoll sich neigte. Es lag ein so wehmüthiger Ausdruck in ihren Zügen, ein so bittender Blick in ihrem Auge, das jedes Herz davon gerührt wurde. — Als sie das bindende Ja, das leise, wie ein Hauch, über ihre Lippen glitt, gesprochen, ging ein Zittern durch ihre

Glieder, so daß sie schwankte. — Aengstlich flog ihr
Blick umher. Ihre Kraft schien sie verlassen zu wollen.
Erst als ihr Gatte ihr den Arm bot, sie hinaus zu
führen, athmete sie freier auf, kehrte die Farbe in ihre
Wangen zurück.

Die Baronin Gänsekiel hatte ihr ein Festmahl
bei sich angeboten; allein das war von ihr auf das
bestimmteste abgelehnt worden. Sie wollte den Tag
in aller Stille begehen. Sie eilte jetzt in ihre eigene,
kleine Wohnung, das traute kleine Heim, wo sie als
Hausfrau walten sollte, riß die Myrthe aus ihrem
Haare, zog ein Reisekleid an, und fuhr mit ihrem
jungen Gatten über Land. An eine Hochzeitsreise
war im Momente nicht zu denken gewesen, die sollte
der Frühling ihnen gewähren; aber einige Tage Ferien
waren dem jungen Seelenhirten bewilligt worden, um
das erste Beisammensein mit der neuen Lebensgefährtin
ungestört genießen zu könnnen.

Dem jungen Manne lachte der Himmel und lachte
die Flur im Besitze der Geliebten, die ihm alle Vor-
züge zu besitzen schien, die an einem weiblichen Wesen
zu rühmen sind. Demuthsvoll ließ sie sich sein Lob
gefallen, duldete sie seine Zärtlichkeit. „Es wird mein
Stolz sein, Deine Liebe zu verdienen", flüsterte sie.
In Wirklichkeit auch hätte sie ihr Herzblut hingeben
mögen, um den Mann glücklich zu machen, der, wie
sie meinte, das schönste Glück verdiente.

Das junge Paar streifte durch Wald und Feld,
und genoß so recht das Alleinsein in der freien Natur.
Die Bäume färbten sich bereits, die Landschaft trug

schon goldige Tinten, die Arbeiter im Felde heimsten die letzten Feldfrüchte ein, und alles bereitete sich vor auf jenen langen Schlaf bis zur Sonnenwende, auf jenes Vergehen zu neuem Erstehen.

Die stille Traurigkeit, die ein Grundzug in dem Wesen Almas war und blieb, verlor sich jetzt mitunter, um einem Zuge der Lust am Dasein zu weichen, der sie gleichsam mit neuem Reize bekleidete. So schön ihr der schwermuthsvolle Aufschlag des großen, blauen Auges stand, so gefiel es ihrem Gatten doch noch besser, wenn es einen schelmischen Ausdruck annahm, oder die Freude darin leuchtete.

„Könnten wir doch so still für uns durch das Leben wandern", sagte sie eines Tages, als sie neben ihm, auf der Ruine des alten Schloßes zu Baden-Baden stand und der herrlichen Aussicht in das Rheingau genoß. „Die Erde ist doch recht schön! Warum auch müssen die Menschen selbst so vieles auf ihr verderben."

„Damit uns der Kampf bleibe", sagte der junge Gatte und legte den Arm zärtlich um ihre Taille. „Hätten wir nicht täglich neu mit uns selbst zu streiten, damit das Gute siege, und zugleich auch unseren Nebenmenschen, wo wir nur irgend können, beizustehen, damit auch ihnen der Sieg werde, so würde das Dasein ein zweckloses Hinleben sein. Weise hat es darum der Schöpfer so geordnet. So glücklich ich mich preise, Tage, wie die verlebten, zählen zu können, so möchte ich doch nicht, daß mein Leben keinen andern Zweck kenne, als den, so heiter meines

Daſeins froh zu werden. Die Freude, Gutes zu wirken, überſteigt denn doch die Freude an perſönlichem Glücke. Das Chriſtenthum iſt recht aufgefaßt, die Humanität im höchſten Sinne. Wenn ich mein Ich über meinem Nebenmenſchen vergeſſe, dann kommt ein Friede über mich, der das Ruhen in Gott iſt. Du, meine Geliebte, wirſt dieſen Frieden noch kennen lernen; denn auch Du wirſt Dich Deines Ich zu entäußern haben, um der leidenden Menſchheit zu dienen, und mir bei meinen guten Werken zu helfen. Die Gattin eines Pfarrers hat eine andere Stellung zu bekleiden, als eine gewöhnliche Frau; denn ſie ſteht neben ihm als Wegweiſer für die irrende Menſchheit, hat mit Worten der Milde, der Liebe, der Mahnung zu den Herzen ihrer Mitſchweſtern zu reden, die auf abſchüſſiger Bahn ſind. Du weißt nicht, wie hoffnungsvoll ich auch in dem Bezug der Zukunft entgegen blicke, in Dir die Gefährtin gefunden zu haben, die an meinem Berufe Theil nimmt, die ein Verſtändniß für die ethiſche Aufgabe des Geiſtlichen hat, der ſeiner Heerde ein Berather und ein Freund ſein muß. Es will mir ſcheinen, als müſſe mir jetzt alles ſo viel leichter werden, wenn ich meine Sorgen und Mühen Dir anvertrauen kann, wenn Du an allen meinen Werken Deinen Antheil haſt. Aus dem Grunde war es mir ſo lieb, einen gewiſſen Ernſt in Deinem Weſen zu entdecken, der mir den Durſt nach einer höheren Aufgabe zu verrathen ſchien, als die iſt, für das tägliche Brod zu ſorgen. Du ſchienſt mir geiſtig hungrig zu ſein, nach Gütern zu verlangen, die das

Erbenleben nicht kennt, die erst im Jenseits unser Theil
werden und so dachte ich, wenn wir uns gegenseitig
stützten und stärkten, würde das hohe Ziel für Beide
erreichbar sein. Morgen, oder übermorgen werden wir
in die Stadt zurückkehren, und damit beginnt dann
die schöne Zeit, von der ich so oft schon geträumt."
Er sah sie innig an. Sie war sehr bleich ge=
worden.

„Wenn Du nur keine zu hohen Erwartungen von
mir hegst", sagte sie fast ängstlich. „Bedenke, ich bin
jung und für eine so ernste Aufgabe nicht vorgebildet.
Mir bangt vor dem Gedanken, Anderen ein Beispiel
sein zu sollen, während ich selbst so sehr eines guten
Beispiels bedürftig bin. Laß mich Dich innig bitten,
lieber Hugo, nicht mit einem Male zu viel von mir
begehren zu wollen. Laß mich erst langsam an
Deiner Seite im Guten erstarken, bevor ich Anderen
Lehren geben soll. Bilde meinen Geist, laß mich
ernste Bücher lesen, und durch Nachdenken mir selbst
klar werden. Ich verstehe die Welt, die Menschen
noch so wenig. bin so im Dunkeln über das, was
recht ist und was nicht recht ist, daß ich für jetzt kein
höheres Bedürfniß kenne, als mir selbst klar zu werden,
mich selbst zu verstehen, und erst wenn mir das ge=
lungen sein wird, dann laß mich meinem Nebenmenschen
eine hilfreiche Hand bieten."

„Sei unbesorgt! Ich werde Dich zu nichts drängen,
wozu Du nicht auch die Befähigung hast", sagte er
milde und strich mit liebender Hand über ihr Haar.
„Das Leben ist die beste Schule für die Bildung des

eigenen Charakters. Der Spiegel, den es uns vor-
hält, macht das eigene Bild zu dem, was es sein soll.
Sich selbst erkennen, heißt auch, seine Fehler in Anderen
erkennen, und dann erschreckt davon ablassen. Auf
Dich hat das eben gar keine Anwendung; denn Du
hast keine Fehler, und wenn Du sie dennoch hättest,
so wären sie meinem Auge in einer Weise verhüllt
geblieben, die sie zu Tugenden machten."

„Sprich nicht so, Hugo!" sagte sie bittend. „Du
weißt gar nicht wie es mich ängstigt, wenn Du so
übertrieben gut von mir denkst."

„Niemand ist ohne Fehl!" sagte er lächelnd. „So
will ich zu Deiner Beruhigung annehmen, daß auch
Dir von Deiner Mutter Eva ein kleines Erbtheil zu-
gefallen sei. Wenn Du es aber so ganz im Ver-
borgenen für Dich selbst vergeudest, so mag es darum
sein. Behalte es nur als Dein Geheimniß, ich
wünsche durchaus nicht Dein Mitwisser zu sein. Gehörte ich der katholischen Kirche an, so würde ich Dich,
darob hin, gleich ohne Beichte absolviren."

Alles Blut war ihr in die Wangen geschossen,
während er das sagte, und ihm voll in das Auge
blickend, entgegnete sie ihm:

„Du hast da ein großes Wort gesprochen, Hugo.
Ohne Beichte wolltest Du mich absolviren? —
Wohlan! Du hast mich absolvirt. Vergiß nie, daß
Du es thatsächlich gethan hast, Hugo, und daß Du
nie eine Beichte von mir begehrt hast."

„Wie ernst! Wie feierlich!" sagte er lachend.
„Man könnte ja fast meinen, es stecke ein tieferer

Sinn in diesen Worten, die schließlich doch nur Worte
sind. Allein in dem schönen Bunde, den wir geschlossen, gewinnt Jegliches einen besonderen Reiz, die
ernste Rede, wie die scherzhafte, sie repräsentiren den
Unterschied des männlichen und des weiblichen Geistes,
und reizen durch ihre Verschiedenheit zu immer neuem
Austausche. Deine Anschauungen eröffnen mir stets
neue Gesichtspunkte, ich fühle mich Dir gegenüber wie
ein Schüler, der seine Lehrjahre zu bestehen hat, und
werde durch Dich erst lernen auf Frauen einzuwirken.
Du bist jetzt das Buch, in dem ich das Kapitel meiner
Lebenspflichten neu lese, Du bist die Magdalena, um
derentwillen ich allen Deinen Mitschwestern duldsamer
entgegen trete. Dein Auge ist der Spiegel, in dem
ich jetzt alles lichter sehe, und nachsichtig bin, wie glückliche Menschen es gern sind.“

Sie hatte die Hände vor das Gesicht gelegt und
— weinte.

„Aber Anna!“ rief der junge Mann bestürzt.

Sie wehrte ihm ihr die Hände von ihrem Antlitz
zu ziehen. „Laß mich!“ bat sie. „In diesen Thränen
ist mehr Glück, als Du verstehen kannst! — Es sind
Wonnethränen! — Kein Lächeln konnte Dir sagen,
was sie Dir aussprechen, das unendliche Glücksgefühl,
das eine Menschenbrust erfüllen kann, wenn die Pforten
des Paradieses sich aufthun und — der Engel mit
dem Schwerte daneben drohte. Sieh, lieber Hugo,
Du wirst es vielleicht recht heidnisch nennen; aber ich
fürchte das Schicksal, das unerbittliche, rächende, ver-
geltende, das keine Sühne kennt. — Wenn ich die

Tragödien der Alten las, kam stets ein so banges, ängstliches Gefühl über mich, als ob auch ich einer solchen rächenden Gottheit anheimfallen könne. Auch jetzt, in meinen glücklichsten Tagen, fürchte ich des Schicksals tückische Nähe — mit unserm Schiller zu reden. Ist das eine böse Ahnung oder — was ist es?"

„Ein solches düsteres Schauen ist oft Naturanlage", entgegnete der Pfarrer heiter; „allein es mildert sich, wenn es keine Nahrung erhält. Daß diese fehle, soll meine Sorge sein. Arbeit und Gebet schaffen heiteren Sinn. Bei uns soll es daran nicht fehlen. Der Winter wird uns ernst beschäftigen, wir finden da viel zu thun um die Armen zu versorgen, um ihnen eine Christbescheerung zu bereiten; darauf kommen die Confirmanden, und ist das Osterfest vorüber, dann sieht das erste Maigrün uns auf dem Wege nach Paris, das ich so lange kennen zu lernen gewünscht habe und daß nun mit Dir zu sehen mich doppelt freuen wird. Du sprichst doch französisch?"

„So ziemlich; mir fehlte nur letzthin die Uebung."

„So kannst Du mich in den Winterabenden unterweisen. Nach König Otto I. Ausspruch ist ja die Liebe die beste Lehrmeisterin, und so kann ich mir schmeicheln recht rasche Fortschritte zu machen. Wie köstlich wird es sein, nach des Tages Arbeit bei meiner kleinen Frau zu sitzen, mit ihr von dem schönen Frankreich zu träumen, und durch das Studium der Sprache darauf vorzubereiten, es mit Vortheil zu

sehen. — So viel Glück in Aussicht? — Wird es
nicht fast zu viel sein?"

„Glück und Glas!" sagte sie mahnend.

Er küßte ihr die schlimme Rede rasch von der
Lippe.

***

Zwölftes Kapitel.

Das Schwert des Damokles.

> Der beste Freund des Mannes ist
> seine Frau.

Der junge Pfarrer nahm seine Lebensaufgabe mit
ganzem Ernste, besuchte alle Familien in seinem
Kirchspiele, die reichen wie die armen, bot mit jugend=
lichem Eifer seinen Rath, seine Hülfe an, nicht ahnend,
daß die Hülfe, die von Außen kommt, wenig fruchtet,
daß nur demjenigen zu helfen ist, der sich auch selbst
helfen will, und daß nur eine kleine Anzahl Menschen
diese Absicht ernstlich hegen.

Sein Feuereifer die Menschen zu bessern, zu ver=
edeln, theilte sich bald auch seiner jungen Gattin mit.
Wenn ihr Mißtrauen in ihre eigene Unfehlbarkeit auch
vor dem Gedanken zurückschreckte Anderen vorzuleuchten,
so war sie um so williger überall thätig zu helfen,
wo die äußere Noth Hülfe suchte, und Mittel und

Wege zu erspähen, wie den Wittwen und Waisen die Existenz erleichtert werden könne. In diesen Werken thätiger Nächstenliebe fand sie sehr bald eine große Befriedigung, ihr war zu Muthe, als ziehe sie einen neuen Menschen an, wenn sie in der Weise Gutes that, als ob sie sich gleichsam von der ihr anhaftenden Schmach reinige.

Der Geistliche sieht die menschliche Natur gar häufig entkleidet von allem Scheine, er sieht sie oft sogar in ihrer nackten Blöße, in ihrer sittlichen Entwürdigung, er hat mit Verbrechen und Sünde zu unterhandeln, hat mit den Strafen des Himmels zu drohen und Reue und Sühne für die Erde zu empfehlen. Fast täglich hörte Alma einen neuen Fall, der die Sündhaftigkeit der Zeit constatirte. Die guten Menschen bedurften des Pfarrers nicht; wohl aber die schlechten und so kam es denn, daß sie so viel mehr von schlechten Menschen hörte, als von guten, und in ihrem stillen Sinnen eine Enttäuschung für die Sonntagspredigten des Gatten darin fand, daß die Wirkung auf die Gemüther scheinbar eine so geringe.

Sie war eine reizende Pfarrersfrau. Wenn sie Sonntags den Platz in ihrem Kirchenstuhle einnahm, mit dem Gebetbuche in der Hand, ernst, bescheiden, den Blick niedergeschlagen, durch die Kirche schritt, folgte ihr jedes Auge. Auch war wohl Niemand andächtiger, als sie; denn nicht nur hing sie mit ihrer ganzen Seele an dem Vortrage ihres Gatten, sondern sie betete auch aus tiefstem Herzen um den Frieden der Seele, der ihr immer noch abging.

In einem Pfarrhause herrscht kein Stillleben, dort tönt die Hausglocke von früh bis spät, weil Jeder anzuklopfen sich für berechtigt hält. Abgewiesen wurde Niemand, war der Herr Pfarrer nicht zu Hause, so wurde man bei der Frau Pfarrerin vorgelassen, die dann dem Gatten bei seiner Heimkehr berichtete. Auf diese Weise ward Alma Theilnehmerin seiner Arbeit, gewann sie einen Einblick in die Sorgen und Freuden des Menschenlebens. So oft sie sich über dem Anderen vergaß, wurde ihr die Bürde des eigenen Lebens abgenommen, fühlte sie sich leicht.

Eines Tages wurde der Herr Pfarrer ganz unerwartet von der Fürstin zur Audienz befohlen. Er hatte keine Ahnung, was sie von ihm begehren könne; allein im Grunde blieb das Was? gleich viel, sobald sie überhaupt nur bei irgend einem Liebeswerke sich an ihn wandte; denn Einfluß zu gewinnen, mußte sein Wunsch sein, um den Hülflosen beistehen zu können.

Mit besonderer Genugthuung legte er daher seine schwarze Kleidung an und begab sich in das Schloß. Alma sah ihm noch nach, als er festen Schrittes über die Straße ging, und bewunderte seine ruhige Würde, seine männliche Haltung. Er hatte ihr stets gefallen; allein jetzt, wo sie sein Wirken sah, gefiel er ihr erst recht, stieg ihre Bewunderung mit jedem Tage. Sie hatte wahrlich ein großes Loos gezogen.

Ihre Gedanken folgten ihm, während sie ihren häuslichen Geschäften nachging, und suchten zu errathen, was die Fürstin zu ihm sagen würde. Wiederholt

7*

sah sie nach der Uhr, und beargwöhnte dieselbe still zu stehen, weil sie nur mit Secunden vorwärts schritt. Endlich, endlich war eine ewig lange Stunde verflogen, die Schelle ertönte, der Herr Pfarrer war da, die Suppe wurde aufgetragen und man setzte sich zu Tische.

Mit sehr befriedigter Miene sagte darauf der junge Gatte:

„Du wirst erstaunt sein zu erfahren, daß auch von Dir die Rede gewesen ist. Ja, ja, von Dir, von meiner kleinen Frau. Die Fürstin hat so viel Günstiges über Dich gehört, daß sie Dich zu kennen wünscht. Du sollst zu ihr kommen. Gleich morgen, von 12—1 Uhr. Sie will mit Dir sprechen, will Dir selbst erklären, welche Aufgabe sie Dir zugedacht hat. Sie meint, daß sie das besser würde thun können, als ich.“

Alma sah ihn verwundert an.

„Ich?“ sagte sie kopfschüttelnd. „Ich dachte, daß sie Deiner bedürfe, daß sie für Dich irgend eine christliche Mission im Sinne habe; wie kann sie nur an mich denken, wie nur von mir etwas wollen, die ich so jung und selbst so unfertig bin.“

„Du unterschätzest Dich — wie immer;“ fiel der Pfarrer ihr in die Rede. „Auf dem Gebiete der Sittlichkeit giebt es Fragen zu lösen, die man am besten in Frauenhänden läßt; denn wie wir es auch anfangen mögen, wir treffen den Ton nicht, der die sündige Frau vor sich selbst erröthen läßt. Wir richten nichts mit ihnen aus. Es handelt sich hier nämlich

um solche, die in dem Magdalenenhause Aufnahme
gefunden haben, um von dort aus neu in die Welt
zurückzukehren. Wir vermitteln ihnen dann An-
stellungen, überwachen sie; allein nur selten harrt eine
lange auf ihrem Posten aus, der größere Theil kehrt
in nicht allzulanger Zeit zu dem sündhaften Leben
zurück, das sie zum Auswurfe der menschlichen Gesellschaft gemacht; die Reue, die wir ernstlich empfunden
glaubten, hält die Feuerprobe ehrlicher Arbeit nicht
aus. Sie ertragen es nicht, daß das Morgen eine
Abspiegelung des Heute sei, sie begehren Wechsel,
Aufregung, das Einerlei ihrer Tage wird ihnen unerträglich. Wie der Säufer wieder zur Flasche greift,
wenn er vom delirium tremens genesen ist, so auch
kehren sie zu ihrem nächtlichen Straßenleben zurück,
und unsere ganze Arbeit erweist sich als eine vergeb-
liche. Da meint nun die Fürstin Frauenwort würde
mehr bei ihnen ausrichten, als das Wort der Männer,
Ihr würdet eindringlicher zu ihnen reden können über
die sittliche Aufgabe der Frau, über das Fluchwürdige
eines Gewerbes, das zeitlich und ewig tödtet, über das
Entsetzliche der Verachtung Preis gegeben, ein Krebs-
schaden der Familie zu sein, in die sie Unglück,
Krankheit, Zerrüttung tragen, und kommenden Ge-
schlechtern das Erbtheil eines vergifteten Blutes hinterlassen, das sich in Stropheln, englischer Krankheit,
körperlicher und geistiger Schlaffheit äußert, die sich
dann wiederum vererben."

Alma war während dieser Rede roth und blaß
geworden, sie hatte Messer und Gabel sinken lassen,

ihre Augen starrten, wie abwesend, in eine ferne
Gegend, als ob sie dort etwas suche. Ein Zittern
durchflog ihre Glieder.

„Ich verstehe Dich nur halb", sagte sie leise.
„Alles, was Du sagst, ist mir neu, fürchterlich,
Grauen erregend! — So entsetzlich habe ich mir die
Welt nicht vorgestellt, so niedrig nicht von den
Menschen gedacht! — Ich möchte lieber nichts mehr
davon hören!"

Er sah sie mitleidsvoll an.

„Arme kleine Frau!" sagte er dann zärtlich, und
reichte ihr über den Tisch hin die Hand. „Ich glaube
es gern, daß der erste Einblick in die düsteren Seiten
des Menschenlebens Dich verletzt; und vielleicht um
so mehr verletzt, weil es aus meinem Munde kommt.
Mag darum die Fürstin zuerst mit Dir davon reden,
und Dein weiches, gutes Herz dem schönen Mitleid
zugänglich machen, das verzeiht, indem es Hülfe bringt.
Denke also jetzt nicht weiter daran."

Er ging zu einem anderen Thema über, bemühte
sich sie zu zerstreuen, sie hörte ihm aber nur mit
halbem Ohre zu und war froh, als ihr bescheidenes
Mahl sein Ende erreichte, sie in ihr Schlafgemach
entfliehen, und dort in einem Strome heißer Thränen
ihrem gequälten Herzen Luft machen konnte.

Pünktlich um zwölf Uhr erschien am nächsten Tage
die Hofequipage, um Alma nach dem Schloße zu
bringen, wo die Hofdame sie im Vorzimmer empfing
und in das Kabinet der Fürstin führte. Huldvoll
reichte die hohe Frau ihr die Hand und lud sie ihr

gegenüber Platz zu nehmen ein. Nach einigen freund=
lichen Fragen über ihr Ergehen, kam die Fürstin dann
sogleich auf das Thema, das sie im Momente ganz
erfüllte: die Rettung gefallener Frauen.

„Sie würden mich sehr verbinden", sagte sie artig,
„wenn Sie sich der Aufgabe unterziehen wollten in
dieser Frage als begeisterte Missionärin aufzutreten;
denn um Herzen zu gewinnen muß man warm aus
dem Herzen reden, um Begeisterung für die Tugend
zu erwecken, muß man selbst dafür begeistert sein.
Ich möchte, daß Sie jeden Sonntagnachmittag ein
paar Stunden der schönen Aufgabe widmeten, die Ge=
fallenen mit neuem Lebensmuthe, mit neuer Lebens=
hoffnung zu erfüllen; ich möchte, daß Sie sie über=
zeugten, es sei in der bürgerlichen Gesellschaft noch ein
Platz für sie da, sobald sie diesen Platz begehrten.
Ich werde selbst von Zeit zu Zeit vorsprechen, und
durch ermunternde Worte Ihr Werk zu krönen
suchen. Jede Seele, die wir in der Weise retten,
zählt für uns im Himmel. Wir dürfen das nie ver=
gessen. Ich werde auch für geeignete Lectüre sorgen.
Unterhaltungsschriften sittlichen Inhaltes werden die
Phantasie vortheilhaft anregen, können darum gern
benützt werden. Man darf kein Mittel unversucht
lassen, das zum Ziele führen kann.

„Königliche Hoheit ehren mich durch diesen Auf=
trag", sagte Alma schüchtern; „allein ich bezweifle, daß
ich ihn zu Ihrer Zufriedenheit werde ausführen können.
Darf ich fragen, wer bis dahin dieses Amt übernahm
und mit welchem Erfolge es geschah?"

„Unser Oberhofprediger war der Seelenforger der armen Wesen, und einige Damen vom Frauenverein unterstützten ihn darin", entgegnete die hohe Frau. „Allein ich glaube, daß man die Sache zu sehr aus religiösem Gesichtspunkte nahm, den Armen zu wenig Hoffnungen für ihr Erdenleben ließ, und sie sind ja zum größten Theile blutjung, es pulsirt noch die ganze Lust am Dasein in ihnen. Dies Dasein aber in lichten Farben darzustellen, das glaube ich, vermied man, und allerdings — es ist damit auch eine eigene Sache. Zu viel Hoffnung zu erregen, kommt fast einer Lüge gleich. Denn wie die Welt ist, verzeiht sie wenig. Der Gefallenen verschließen sich Thüre und Thor. Keine Frau will ein solches Mädchen in ihren Dienst nehmen, keine — wenn sie den gebildeten Ständen angehört — sie als Lehrerin, selbst nur für Privat= stunden, benutzen. Der eigenen Familie sind sie meistens entfremdet, von Vater, Mutter, Geschwistern meistens verstoßen worden. Wohin also mit Ihnen? Das ist die große Frage. Die Erde ist groß und weit, und doch kein Fleckchen darauf, das diesen Un= glücklichen eine Heimstätte böte. Ihr Loos ist geradezu fürchterlich! — Selbst wenn man sie auswandern lassen will, folgt ihnen auch noch über das Meer dieser auf ihrer Vergangenheit liegende Schatten. Denen, die aus Liebe gesündigt vergiebt man leichter; wo aber das Geld sie zur Waare machte, ist die menschliche Gesellschaft unerbittlich. Darum eben, weil man so hart ist, thut Milde so noth; weil man so hart ist, sind sanfte Trostesworte so sehr geboten;

und diese kann nur das weiche, fühlende Frauenherz
spenden."

„Und die Männer?" fragte Alma, mit Purpur-
gluth auf den Wangen. „Und die Männer? Haben
sie denn nicht mit gesündigt, und werden sie denn
nicht auch mit gestraft? — Giebt es denn auch ein
Magdalenenheim für Männer?"

Die Fürstin lächelte.

„Sie sind noch sehr jung und darum ist eine
solche Frage von Ihnen begreiflich. Die Männer,
mein liebes Kind, die die eigentlichen Sünder sind,
weil sie die Verführer sind, die mit schönen Worten
hier, mit Geld dort das Unheil anrichten, sie gehen
frei aus, sie thun sogar, als ginge sie das Alles gar
nichts an. Da hat mir neulich mein Oberhofprediger
das Tagebuch einer solchen Dame gebracht, das man
unter ihrem Nachlasse fand, darin waren die ehren-
werthesten Ehemänner der Stadt verzeichnet. Ehren-
werth, was ihre äußerliche Stellung betrifft, ehren-
werth vor Demjenigen allerdings nicht, der bis in das
Herz schaut. Sie alle sind meineidig, und der Mein-
eid, der sonst für eine ehrlose Sache gilt, straft sich
in diesem Falle nicht. Die meisten Männer geloben
sogar am Altare, was zu halten sie durchaus nicht
gewillt sind. Es fehlt ihnen an Selbstüberwindung.
Das ist die Folge der Erziehung, die wir ihnen geben,
bei der wir zu viel Werth auf das Wissen, zu wenig
Gewicht auf die Charakterbildung legen. Sie lassen
sich gehen."

„Fühlen sie denn nicht das Unrecht, das sie thun?"

fragte Alma sinnend. „Haben sie kein Gewissen? Stört es ihren Frieden nicht, sich bewußt zu sein, daß sie ein armes Mädchen um ihre ewige Seligkeit gebracht, daß sie für Diesseits und Jenseits vernichtet haben?"

Sie sagte das mit so schönem tiefen Ernste und einem Pathos, der die Fürstin verwundert aufschauen ließ. Nachdem sie sie eine Minute lang prüfend betrachtet, sagte sie:

„Das Gewissen ist dem Menschen anerzogen, liebes Kind, es bildet sich nach den herrschenden Begriffen; unter Männern aber herrscht der Wahn, eine Frau unglücklich zu machen, sei kein Verbrechen. Der Staat unterstützt nun auch noch diesen mangelnden Rechtsbegriff, indem er gestattet, daß die Polizei Tausende und Tausende dieser armen Wesen mit einer Erlaubnißkarte versieht, die ihre Entehrung zum Gewerbe erhebt, das sie der öffentlichen Verachtung Preis giebt."

„Und die Männer, die sich an diesem Gewerbe betheiligen, die mit diesen von der menschlichen Gesellschaft Ausgestoßenen verkehren — die achtet man wie zuvor?" fragte Alma mit einem Antlitze, das von schönem Zorne zu heller Feuerröthe erglühte.

„Leider! mein liebes Kind. Leider! Die Rechtsbegriffe sind in dem Bezug noch sehr schwach entwickelt. Du sollst nicht tödten, sagte schon das jüdische Gesetz. Du sollst Deinen Nebenmenschen nicht an seiner Ehre schädigen, davon ist nirgends die Rede. Ein Mord wird bestraft. Was aber weit schlimmer

ist, als der Tod, die sittliche Entwürdigung, dafür
hat das Gesetzbuch keinen Paragraphen. Es bleibt
den Frauen also nichts übrig, als fest zu einander zu
stehen, und dadurch ihre Widerstandskraft zu stählen.
Die goldene Zeit, sie war so wenig, als sie ist; allein
die Guten bringen sie zurück. So sprach Goethe's
Leonore, und so wollen auch wir sprechen. Wir wollen
thun, was uns möglich ist, der Sittenverderbniß entgegen zu arbeiten, und wollen vor allen Dingen nicht
dulden, daß man die Frauen allein für das büßen
lasse, was sie allein nicht verbrochen haben. Es liegt
darin eine Härte, eine Grausamkeit, die empört. Es
ist das Kapitel vom Hehlen und Stehlen; es sind die
Mitschuldigen, denen wir nachgehen müssen."

Die Fürstin erhob sich und winkte Alma ihre Ent-
lassung. Draußen harrte die Hofdame und geleitete
sie hinab. Wie im Traum bestieg sie den Wagen.
„Die Mitschuldigen!" flüsterte sie vor sich hin. „Ja,
die Mitschuldigen!" — Was sie fürchtete, das waren
ja diese Mitschuldigen.

Dreizehntes Kapitel.

~~~~~~

Kein anderer Ausweg.

Der Uebel größtes ist die Schuld.

Maigrün schmückte die Fluren des glücklichen Frankreich und machte die Umgebungen von Paris zu einem irdischen Paradiese. Im Bois de Boulogne reihte sich Wagen an Wagen, bald folgte das Auge einer Karosse der höheren Gesellschaft, bald war es die demi monde, die sich zur Schau stellte und bald auch war es der einfache Bourgeois, der sich mit seiner Gattin einen Festtag machte.

In dieses bunte Gewühl drängte sich jetzt ein Einspänner, in welchem der Pfarrer Lauter mit seiner Gattin saß. Sie hatten die hinausgeschobene Hochzeits= reise angetreten, die den Beiden, nach einem Winter voll Arbeit und Mühe, eine willkommene Erholung bot. Alma besonders schien eine solche recht nothwendig zu sein; denn sie kränkelte seit einiger Zeit, litt häufig an Kopfschmerzen und sah oft traurig aus.

Ihr Gatte meinte, daß die Reise schon eine günstige Wirkung ausgeübt habe, daß sie heiterer um sich blicke, ihre Farbe weniger bleich sei. Die Neuheit der Scene, die fremden Trachten und fremden Sitten nahmen allerdings ihre Aufmerksamkeit in Anspruch und der ewig nagende Wurm, der an ihrem Lebens= keime nagte, stellte auf eine Weile seine Thätigkeit ein.

Das Magdalenenheim und seine Insassen waren ver=
gessen, und der Reflexion, die damit sich verband, ein
Ende gemacht. Sie sah nur die heitere Seite des
Lebens; was nicht auf der Oberfläche lag, verhüllte
sich ihrem Blicke.

Von früh bis spät wanderte das junge Paar in
dem großen Paris umher, und schaute. Meistens
gingen sie zu Fuß; nur heute hatten sie sich den Wagen
gegönnt, der sie dann auf der Rückfahrt in der Rue
Lafitte absetzte, wo sie in dem Victoria=Hôtel zu
Mittag speisten. Die Wirthin dieses großartigen
Etablissements war entfernt mit dem Pfarrer Lauter
verwandt, darum hatte er bei ihr Unterkunft gesucht,
die ihm auch zu halbem Preise bewilligt worden war.
Sie stammte aus Aachen, war die Wittwe eines Schiffs=
kapitains und erzog ihre Kinder von dem was sie in
redlichster Weise erwarb.

Alma erstaunte über die Pracht dieser Einrichtung,
und das Talent, eine so große Wirthschaft zu leiten.
In einem großen Saale, den eine Glaskuppel er=
leuchtete, speisten vierhundert Personen an kleinen
Tischen, von vierzig Kellnern bedient, während auf
einer Erhöhung drei buchführende junge Damen saßen,
die schwarz gekleidet waren, und mit vieler Würde die
Oberaufsicht über dies männliche Personal führten.
In der Küche walteten zehn Köche, für welche die Frau
Wirthin jeden Morgen den nothwendigen Bedarf auf
dem Markte einkaufte, eine Anstrengung, die ihr jedes=
mal fünfzig Franc in die Kasse förderte, was sie mit
Stolz erwähnte. · Das sei für ihre Kinder, sagte sie.

Der Pfarrer mit seiner Gattin nahm an einem der kleinen Tische Platz, von wo aus sie den Saal übersehen und alle Eintretenden beobachten konnten. Es war ihnen alles so neu und fremd, die Menschen, ihr Wesen, ihr Auftreten, ihr Anzug, das sie eine fortwährende Unterhaltung daran fanden sich umzusehen. Paar nach Paar erschien, meistens junge Leute, mit eleganten jungen Frauen, scheinbar der besten Gesellschaft angehörend.

„Wie sonderbar!" sagte Alma eines Tages, „daß diese jungen Ehepaare keine Häuslichkeit haben. So reizend es ist eine Weile ein solches Leben zu führen, so möchte ich nicht für Immer auf ein solches Wirthshausleben angewiesen sein, das dem inneren Menschen wenig förderlich ist."

„Weise gesprochen! mein kleiner Salomo", entgegnete lächelnd der Pfarrer, „und ganz wie mir aus der Seele. Auch ich habe schon meine stillen Betrachtungen darüber angestellt, welches Standes diese jungen Paare sein mögen, die das schöne Glück einer eigenen Häuslichkeit nicht zu kennen scheinen. Indessen, was grübele ich da lange! Auf Reisen muß man fragen können; sonst macht man wahr, was Goethe vom Gänschen und Giggack gesagt hat. Also: Herr Oberkellner! — Bitte mir zu sagen, ob die hier verkehrenden Gäste zumeist Pariser, oder Leute aus der Provinz sind, die nur zu kurzem Aufenthalte hergekommen?"

„Es sind Pariser, Monsieur. Leute aus der Provinz repräsentiren einen ganz anderen Typus."

„Ja, wenn es aber Stadtbewohner sind, warum speisen sie denn hier und nicht in ihrem eigenen Hause."

„Weil sie kein Haus haben, Monsieur."

„Sie nehmen meine Frage zu buchstäblich", entgegnet der Pfarrer lächelnd. „Ich meine nicht gerade ein Haus, sondern vielmehr eine Wohnung; denn unter freiem Himmel wird doch keiner von ihnen hausen wollen."

„Es sind junge Herrn, die nur ein Appartement bewohnen, ein chambre garni, ein logement de garçon, Monsieur."

„Und ihre Frauen? Wo lassen sie denn die?" fragte der Pfarrer verblüfft.

„Sie haben keine Frauen, Monsieur."

„Aber die Damen, in deren Begleitung wir sie sehen? Wer ist denn das?"

„Das sind Camelien, Monsieur."

„Camelien?"

Der Pfarrer war weder mit Dumas noch Sue genügsam vertraut, um diese Mittheilung zu verstehen. Auch Alma blickte den Oberkellner erstaunt an. Beide aber wollten nicht weiter fragen, weil sie ein dunkeles Vorgefühl hegten, daß das, was sie erfahren könnten, sie peinlich berühren würde. Indessen, eine Aufklärung der Sache schien Beiden dennoch wünschenswerth, schon wegen des Gänschens und dem Giggack und als sie sich dann in das Kaffeezimmer, wo die Cousine sie meistens erwartete, begaben, wurde diese ersucht, des Herrn Oberkellners dunkele Andeutungen mit dem Lichte ihrer Weisheit zu erhellen.

Das that sie denn auch sofort. Die meisten der jungen Herrn, die ihr sehr gesuchtes Haus besuchten, waren junge Leute aus guten Familien, die ihre Studien beendigt hatten und eine Stellung suchten. Die Zeit des Wartens zu verkürzen, suchten sie eine jugendliche Gefährtin zu gewinnen, der sie von Liebe sprachen; aber nie von Ehe. Mit solcher jungen Dame führten sie dann während einiger Jahre ein reizendes Leben. — Dann kam die Anstellung und mit ihr der Wunsch der Eltern, daß der Sohn sich eine Gattin wählen möge. Schuldner drängten. Sie waren um keinen anderen Preis zu beschwichtigen, als durch das Unterzeichnen der Ehepackten, in denen ein Paragraph die Verabschiedung der Geliebten forderte. Ein herzbrechender Abschied schloß das Idyll, das der Jüngling geträumt, von dem der Mann nichts mehr wissen wollte. Als Ehemann speiste er zu Hause."

„Und die Camelie?" fragte Alma sehr erregt. „Was wird mit ihr?"

„Ein Freund übernimmt sie. Vielleicht später noch einmal ein Freund. Dann ist ihre Jugendfrische dahin; es kommt die Schminke, die Abendbeleuchtung sucht; und mit der Beleuchtung der Straßenlaternen abschließt. Mit fünfunddreißig Jahren sind diese Camelien todt, und leben sie länger, nun dann werden sie die Hüterin irgend einer jüngeren Kollegin, die eine Duenna sucht, um ihre Rolle unter dem Schutze einer älteren Frau zu spielen. Lange aber lebt auch sie nicht."

Eine Pause entstand. Alma sah in den Schooß.

Sie fühlte sich tief erschüttert. Mit fünfunddreißig sind sie todt. War das nicht Menschenmord? — Und die Mörder? Und die Mörder? Wo blieb ihre Strafe? Mit fünfunddreißig sind sie todt! Das gellte fort in ihren Ohren. Und die Mitschuldigen? Die eigentlich Schuldigen, die Verführer? — Die Hammer und die Camelien der Amboß?

Sie verstand das Leben immer weniger, ihr war ganz wirr im Kopfe. Diese fröhlichen, hübschen, eleganten jungen Damen, die der Oberkellner mit Camelien bezeichnet, die sollte sie nun ausstreichen aus der Zahl der Frauen, mit denen man sprechen, mit denen man in Berührung kommen darf, vor dem Verkehr mit ihnen sollte sie warnen. Sie gingen mit dem Damoklesschwerte über ihrem Haupte, es konnte in jeder Minute fallen, und was dann? — Warum auch warnte man sie nicht? Warum redete ihr Gatte nicht mit ihnen, warum sagte er ihnen nicht, daß die Männer zu fliehen seien. Weil er selbst ein Mann?

Ihr war zu Muthe als könne sie die Männer hassen, und wäre es nicht um dieses Einen willen gewesen, der ihr eine an Anbetung grenzende Liebe eingeflößt, sie hätte dann dem ganzen „Männerge= schlechte" den Fehdehandschuh hingeworfen.

Vierzehntes Kapitel.

Das Unglück schreitet schnell.

Alma trug ihr schönes, blondes Haupt etwas höher aufgerichtet, seit jenem Tage, wo der Herr Oberkellner gesagt, die weiblichen Gäste seien Camelien. Um ihren Mund bildete sich ein eigenthümlicher Zug, der wie verhaltener Zorn aussah, zugleich aber einen bitteren Anflug hatte. Ihr Gatte bemerkte diese Veränderung, die nach und nach vor sich ging, nicht sogleich, und als er endlich gewahr ward, daß seine jugendliche Hälfte einen ungewöhnlichen Ernst in ihre Mienen lege, meinte er, daß es die natürliche Folge ihres Entwickelungsganges sei, der sich in dem geistigen Verkehre mit ihm rasch fördern müsse.

Sie hatten heute St. Lazare besucht, wo das Elend, hervorgegangen aus den Lasterschulen des Lebens, einen fast vernichtenden Eindruck macht. Alma fühlte sich sehr angegriffen und berührte die Speisen kaum. Der Pfarrer hatte nach einer Zeitung gegriffen und überschauete die Tagesneuigkeiten. Vielleicht wollte er nachsehen, wie er den Abend am besten verwenden könne. Seine Gattin streckte die Hand nach der Wasserflasche aus, er bemerkte es und kam ihr zu Hülfe. Indem sie dankend ihren Blick zu ihm empor-

hob, glitt dieſer über ihn hin auf den Nebentiſch und
haftete hier, wie gebannt, auf der Erſcheinung eines
Mannes, dem wieder zu begegnen, ſie wie ein Todes=
urtheil traf. Hohe Gluth färbte plötzlich ihre Wangen.
Sie wandte das Auge ſofort nach der anderen Seite,
allein ſie glaubte ihn immer noch zu ſehen, es war
ihr als ob ſein Blick ihr folge. Hatte ſie aber auch
recht geſehen? War er es auch wirklich geweſen, dieſer
Er, durch den ſie gelernt vom Baume der Erkenntniß
zu eſſen, dieſer Er, durch den ſie die Nachtſeiten des
menſchlichen Daſeins kennen gelernt.

Sie war verſucht noch einmal hin zu ſchauen; denn
ſie konnte ſich geirrt haben. Der bangen Ungewißheit
ein Ende zu machen, wagte ſie raſch einen Blick nach
jener Seite hin, und begegnete ſeinem, auf ſie ge=
richteten Auge.

Kein Zweifel mehr, er war es wirklich, er hatte
ſie erkannt.

Hätte doch die Erde in dieſer Minute ſie ver=
ſchlingen wollen, ſie würde dieſe Vernichtung ein
freudiges Ereigniß genannt haben.

Ihre Lippen bebten, ſie war nahe daran in
Thränen auszubrechen. Wie, wenn er die Unver=
ſchämtheit hätte ſich ihr zu nahen, ſie anzureden?

„Wollen wir nicht gehen?" flüſterte ſie zu ihrem
Gatten hinüber.

Er blickte von ſeiner Zeitung überraſcht zu ihr hin.

„Gleich!" ſagte er dann. „Gönne mir nur noch
zwei Minuten, bis ich dieſen Artikel zu Ende ge=
leſen."

8*

Diefe zwei Minuten dehnten sich für sie zu einer endlofen Länge aus, sie glaubte nie den Secunden= zeiger mit gleicher fieberhafter Seelenangst beobachtet zu haben. Jetzt, jetzt endlich erhob sich der Pfarrer, und sie mit ihm, er legte ihr den Shwal über die Schultern, reichte ihr den Sonnenschirm und bot ihr seinen Arm. Sie hatten glücklich die Thüre erreicht; da, bevor sie sich schloß, wagte sie haftig noch einen Blick in den weiten Saal, und sah den schwarzbärtigen Fremden, wie er, von seinem Platze aufgestanden, den Oberkellner zu sich heran winkte.

Wenn dieser ihm Rede stand, dann — ja was dann?

Es war ihm bekannt, daß der Pfarrer Lauter ein Verwandter der Wirthin, daß er im Haufe wohne, er konnte möglicher Weife auch wiffen, von woher sie kamen.

Ob sie ihm schreibe, ihn bitte, daß er Mitleid habe, daß er sie nicht kenne und nie mehr sie kennen wolle, daß sie für ihn todt und vergeffen sei?

Würde sie ihn aber bewegen können diese Rückficht zu üben?

Wenn sie zurückbachte, wie sie an jenem Abende ihn gebeten ihrer zu schonen, wie sie vor ihm gekniet, die Hände gerungen, ihm ihre Lage, die Lage ihrer Mutter geschildert, wie sie geweint und gefleht ihr das Geld wie ein Darlehn zu geben, für das sie ihm ewig dankbar sein werde, und wie vergeblich es ge= wesen, ja, wie ihre Erregung sie ihm fichtlich noch begehrenswerther erscheinen laffen — so konnte das

Schriftstück wohl kaum etwas ausrichten. Und dann — wohin es adressiren?

Sie waren in das Kaffezimmer gegangen. Alma stellte sich an das Fenster und schauete auf die Straße hinab, um die, unter ihren Lidern zitternden Thränen zu verbergen. Bei jedem Geräusche fuhr sie zusammen, aus Furcht, daß die dunkle Gestalt des Fremden eingetreten sei.

Endlich, endlich waren sie auf der Straße. Sie athmete auf. Hier, unter dem weiten Himmelszelte, trat ihre Angst mehr zurück.

Fester umklammerte sie den Arm ihres Gatten, und schmiegte sich an ihn, als ob er ihr ein Hort sei, und doch galt gerade ihm ihr ängstliches Zagen; denn was war ihr die Welt, gegenüber diesem Manne, was waren ihr die gangbaren Begriffe von Ehre, Tugend, Recht und Sittlichkeit, die sich ihr so falsch und trügerisch erwiesen, gegenüber dem Glauben an ihn und seine Unfehlbarkeit, vor der gerecht gefunden zu werden ihr Stolz und ihr Glück war.

Noch liebte er sie, noch war sie sein theuerstes Gut. Wie, wenn der Schwarzbärtige ihr diese Liebe nähme?

Ihr schauderte.

„Du bist ja so schweigsam heute, liebe Alma!“ sagte der Gatte, seine Hand auf die ihrige legend.

„Nur weil ich Dich nicht in Deinen Gedanken stören will“, entgegnete sie innig. „Glückliche Leute, sagt man, sprechen nie viel, weil die Rede ihre Empfindungen störe.“

„Das ist eine mir ganze neue Beschreibung, in=
dessen, etwas kann schon daran wahr sein, denn es
giebt Dinge, die dadurch, daß man sie in Worte
kleidet, an Reiz verlieren", sagte der Pfarrer gedanken=
voll. „Hast Du aber auch schon daran gedacht, daß
unsere Abreise bevorsteht, mein liebes Frauchen?"

„Wie sollte ich nicht", sagte sie freudig. „Ich bin
ja so froh heimzukehren! — Wie viel Schönes sich
mir auch geboten hat, das trauliche Leben in unserm
lieben Pfarrhause ersetzt mir nichts. Für mich ist das
der schönste Punkt auf Erden und unser Zusammen=
leben dort der Inbegriff alles Glückes!"

„Weißt Du, mein Almachen, daß das was Du
da gesagt hast, so schön ist, daß ich es mir mit rothen
Buchstaben in das Herz schreiben werde? sagte der
Pfarrer innig. „Erhalte uns Gott nur unser schönes
Glück! Ich denke mir manchmal, das wir es eigent=
lich zu gut haben, als daß es dauern könne; denn
die Erde soll doch nur eine Schule für den Himmel
sein, und in der Schule giebt es harte Aufgaben.
Nichts kann der Mensch weniger ertragen, als eine
Reise von glücklichen Tagen, sagt ja Goethe."

„Ach! Liebster! Laß Dich das nicht bangen, ich
nehme es schon damit auf. Ich habe überdem so
einen kleinen Schuldbrief an das Schicksal einzulösen,
der noch lange nicht erledigt ist. Darum beschwöre
ja keine Wolken herauf."

„Glaubst Du, daß ich ein solcher Feind
meines eigenen Glückes sein würde?" entgegnete er
lachend."

„So male auch den Teufel nicht an die Wand", sagte sie scherzhaft.

Sie streiften noch eine Weile auf den Boulevards umher und beschlossen den Tag in einem Café chantant.

Als sie nach Hause kamen, sagte der Portier, ein Herr habe nach dem Herrn Pfarrer Lauter gefragt, und bestellt, daß er am nächsten Morgen wieder= kommen würde. Seinen Namen habe er nicht genannt, auch keine Karte abgegeben, nur wissen wollen, wann der Herr Pfarrer abzureisen gedenke.

„Sonderbar", sagte dieser, sich an Alma wendend. „Wer kann mich hier in dieser großen, fremden Stadt aufsuchen? Begreifst Du das?"

„Ich meine, daß man Dich hier in Ruhe lassen sollte;" entgegnete sie hart. „An Deiner Stelle wiese ich solche Besuche ab. Sie können Dich nur stören. Die kurze Zeit Deiner Erholung sollte Dir wenigstens unverkürzt bleiben."

„Du hast wohl Recht; allein ein Geistlicher steht dem Publikum gegenüber auf einem anderen Sockel, als andere Menschen. Wenn das Christenthum die Humanität in höherem Sinne ist, so bin ich der Repräsentant dieser Humanität, die in jedem Menschen einen Bruder sieht, und einen Bruder weist man nicht ab, für einen Bruder ist man zu Hause."

Sie schloß in dieser Nacht kein Auge und war am Morgen unfähig sich von ihrem Lager zu erheben.

„Wie bleich Du bist", sagte der Gatte. „Du hast Dich übermüdet. Ich hätte gestern Abend nicht

noch den weiten Weg mit Dir gehen sollen. „Halte
Dich heute nur ganz ruhig, ich will Dir das Früh=
stück hinaufsenden, und dann allein auf die Post
gehen, um unsere Briefe zu holen — die letzten, die
wir hier in Empfang zu nehmen haben. Adieu, mein
liebes Herz!"

Er küßte sie auf die Stirne, küßte ihre beiden
Hände, und ging. In der Thüre wandte er sich
noch einmal zurück, und winkte ihr einen zärtlichen
Gruß zu.

So wie sie allein war, begrub sie das Haupt in
die Kissen und weinte sich müde. Der Schlaf, den
die Nacht nicht gebracht, brachten ihr die Thränen.
Es war ihr so wüste im Kopfe, wirre Träume um=
gaukelten sie, auch im Schlummer noch fühlte sie das
bittere Herzweh, das sie wachend gequält.

Manche Stunde mußte an ihr vorübergegangen
sein, als sie endlich das Auge aufschlug und um sich
schaute. Es dämmerte bereits. Sie schellte. „Wo
ist der Herr Pfarrer?" fragte sie die eintretende
Dienerin. Nicht zu Hause, so viel diese wüßte. Den
ganzen Tag über nicht da gewesen.

Und sie allein und krank? Wo mochte er weilen.
War ihm ein Unglück zugestoßen?

Sie wollte sich schleunig erheben; allein es ging
nicht, das Haupt war zu schwer. Eine entsetzliche
Angst ergriff sie. Sie ließ die Wirthin zu sich ent=
bieten.

„Wo ist mein Mann?" rief sie dieser entgegen.

Sie konnte es ja auch nicht sagen. Nur das

wußte sie, daß er diesen Morgen, als er mit seinen
Briefen von der Post zurückgekehrt, und diese im
Kaffeezimmer gelesen, den Besuch eines Herrn empfangen,
mit dem er fortgegangen sei.

„Und wie sah dieser Herr aus?" fragte Alma
angstvoll. „Um Gottes willen sagen Sie mir doch,
wie er aussah."

„Er trug einen schwarzen Vollbart."

Alma sank in die Kissen zurück und regte sich nicht
mehr. Wie in einem Starrkrampfe befangen, lag sie
dort theilnahmlos. Die Wirthin berief einen Arzt.
Eine Wärterin wurde an ihr Lager gesetzt. Eine
Nachtlampe versandte einen falen Schein.

Endlich um Mitternacht erschien die hohe Gestalt
des Pfarrers auf der Schwelle. Er winkte der
Dienerin das Zimmer zu verlassen. Stumm setzte er
sich an Almas Lager und griff nach ihrer Hand.

„Armes Weib!" flüsterte er mitleidsvoll, schlug
dann beide vor das Gesicht und schluchzte laut.

Es hat etwas sehr Erschütterndes, wenn ein Mann
weint. Die Thränen ihres Gatten brachten auch in
Almas Auge die lindernde Thräne. Sie weinte
mit ihm.

„Ich weiß jetzt, was Dein Gemüth belastete", begann er, als er sich gefaßt, „ich weiß welchen Vorwurf Du Deiner Mutter machen konntest, und nicht
machtest. Gott wird Dich lohnen für das, was Du
in Gehorsam gegen Deine Mutter thatest; aber die
Menschen werden Dich verdammen. Ein Pfarrhaus
kannst Du, in ihren Augen, mit einem solchen Makel

behaftet, nicht bewohnen. Wir müssen uns trennen! Lebe wohl Alma! Was auf Erden uns schied, wird im Himmel nicht angerechnet; darum auf Wiedersehen dort!"

Er wankte zur Thüre hinaus.

Eine Minute lang blickte sie ihm, wie erstarrt, nach, dann sprang sie auf von ihrem Lager, riß den Fensterflügel auf, und stürzte sich hinaus. Als der Pfarrer vor die Thüre des Hauses hinaus trat, hob man vor ihm eine weibliche Gestalt empor, die mit einem letzten langen Blicke auf ihn schaute, und dann ausgelitten hatte.

Neben ihr auf das harte Pflaster hinknieend, legte er ihr liebes Haupt an seine Brust, küßte er einmal noch Stirn und Mund, flüsterte noch einmal die zärtlichen Worte der Liebe in ihr Ohr; dann blickte er zum Himmel empor und betete: „Der Herr hatte sie mir gegeben und hat sie mir genommen, der Name des Herrn sei gelobt."

Im Verlage von A. Bergmann in Leipzig erschien ferner:

„Ueber die Wolken."

Roman von

Wilhelm Jensen.

21 Bogen. Preis eleg. brochirt Mk. 6. In elegantem Leinwandband, Gold= und Schwarzdruck Mk. 7,20.

„Amüsante Geschichten."

Enthaltend:

Humoresken, Criminalfälle,

Romane und Novellen etc.

3 Bde. à 9—10 Bogen. Preis eleg. brochirt pro Band 50 Pf.

Jeder Band bildet ein für sich abgeschlossenes Ganzes und wird einzeln abgegeben.